한의 스페셜리스트 10

가프 장편소설

초판 1쇄 찍은 날 § 2018년 10월 12일
초판 1쇄 펴낸 날 § 2018년 10월 19일

지은이 § 가프
펴낸이 § 서경석

총괄팀장 § 최하나
편집책임 § 이선근

펴낸곳 § 도서출판 청어람
등록번호 § 제387-1999-000006호
등록일자 § 1999. 5. 31
어람번호 § 제1-2962호

주소 § 경기도 부천시 부일로 483번길 40 서경B/D 3F (우) 14640
전화 § 032-656-4452 팩스 § 032-656-4453
http://www.chungeoram.com
E-mail § chungeorambook@daum.net

ⓒ 가프, 2018

ISBN 979-11-04-91842-1 04810
ISBN 979-11-04-91658-8 (세트)

10
가프 장편소설
FUSION FANTASTIC STORY
한의 韓醫
스페셜
리스트
도서출판 청어람

Contents

1. 주석궁의 담판

이 작품은 작가의 창작입니다. 실제 한의술과 다를 수 있습니다. 소설로
만 읽어주시면 고맙겠습니다.

빠라빠라빵.

류수완에게서 전화가 걸려왔다.

―채 선생님.

그의 목소리는 잔뜩 고양되어 있었다. 치매 신약 건이다. 신약은 지금 FDA에 들어가 있었다. 윤도의 논문도 미국 매사추세츠의 '뉴잉글랜드 저널 오브 메디슨'에 제출되었다. 그런 면에서는 윤도도 가슴 졸이는 나날이지만 매번 잊고 살았다. 날마다 몰려드는 환자들에게 집중하기 때문이다. 시침할 때의 윤도는 매번 무아지경이었다.

—기가 막힙니다.

류수완이 실험쥐와 임상 실험 사례 데이터를 내밀었다. 두 실험은 기가 막히게 맞아떨어지고 있었다. 혈자리 자극 방식의 신약 기법은 꿈이 아니었다.

본래 약은 작용 기전이 정해져 있었다. 약을 복용하면 위와 장으로 들어가 흡수된 후 나머지는 일단 간으로 직행한다. 간에서 일부 분해가 된 약은 심장으로 넘어가 온몸에 퍼진다. 각 약은 병소 부위의 세포 표면에 있는 수용체와 결합하면서 약효를 작렬시킨다. 나머지 혈액 안에 흐르던 약은 다시 간으로 돌아와 오줌으로 배출된다. 약의 용량과 용법 책정은 위와 장, 간에서 흡수되는 정도와 어느 부위에서 작용하는지를 빈틈없이 계산해서 정한다.

윤도의 신약은 병소 결합 부위를 관련 혈자리를 기준으로 삼았다. 치매 치료 효과가 있는 경혈 수용체와 특이 결합을 유도해 침을 맞는 효과를 노린 것이다. 거기에 치매에 좋은 약재를 더함으로써 일거양득의 약효를 노렸고, 그 시도는 제대로 먹히고 있었다.

고무적인 건 부작용이었다. 이번 약도 부작용 측면에서 탁월하게 안정되었다. 깨알 같은 글자로 끝도 없이 적어 넣는 부작용이 얼마 되지 않는 것이다. 굉장한 장점이 아닐 수 없었다. 그렇기에 FDA의 승인만 떨어지면 세계 치매 약 시장에 센

세이션을 불러올 일이다.

　―잘될 겁니다. 좋은 꿈 꾸고 계세요.

　류수완의 목소리는 전화를 끊을 때까지도 상기되어 있었다.

　"고맙습니다."

　인사를 하고 스포츠카에 올랐다. 부용과 약속이 잡혀 있었다. 만난 지도 좀 되었고 야심차게 추진하던 중국 공연 기획이 불발탄이 될 지경이라 위로해 줄 생각이다.

　그녀는 SN 정문 앞에 있었다. 윤도를 기다리게 하지 않았다.

　"중국 주석의 정식 초대를 받았다고요?"

　파스타 전문점에 앉은 부용의 눈이 휘둥그레졌다. 천하의 그녀도 중국 주석이라는 타이틀은 만만치 않은 모양이다.

　"사흘 후에 가게 될 겁니다만……."

　"세상에……."

　"저번 베이징 진료 건으로 밥 한 끼 내실 모양입니다."

　"굉장해요."

　"그래서 말인데… 그 자리에서 부용 씨 공연 이야기를 넌지시 꺼내보면 어떨까요?"

　윤도가 슬쩍 의사 타진을 했다.

"그건 좋지 않은 것 같은데요?"

부용이 고개를 저었다.

"왜요? 중국 당국의 성격상 주석이 지시하면 먹히는 거 아닌가요?"

"그렇기도 하지만 역풍을 맞을 수도 있어요. 한류 문화라는 게 그냥 공연 한 편으로 끝나는 게 아니라 한국 문화의 우수성을 인정하는 측면이 있거든요. 어쩌면 중국 당국은 사드 사태를 내세워 자국 문화 장벽을 지키려는 수단으로 삼고 있을 수도 있어요."

"원래부터 제지하려던 차였는데 사드를 이유로 내세웠을 뿐이다?"

"그렇죠. 중국 젊은이들이 한류에 몰입되면 중국 굴기에 방해가 된다고 판단하는 중국 정치가들이 있거든요."

"아……."

윤도가 고개를 끄덕였다. 과연 부용의 안목은 달랐다. 많은 사람들이 생각하는 중국의 한류 제동. 단순한 길들이기 차원이 아니라 한 나라의 문화 정책과 맞물린 거라는 게 부용의 견해였다.

"이렇게 한풀 꺾어두고 자국 문화 양생을 도모하면 간극이 굉장히 줄어들잖아요. 우리도 이제는 선진국 문화라고 해도 하나의 호기심에 불과하지 열광까지는 아니니까요."

"그렇군요."

"그러니 선생님은 당당하게 만찬만 즐기고 오세요. 이 일은 아무래도 시간이 필요할 거 같아요."

부용이 웃었다. 그녀의 식견과 함께 윤도에게 부담을 주지 않으려는 마음이 느껴졌다.

"이번 사태에 얽힌 한국 공연이 얼마나 되나요?"

"굉장히 많아요. 세계적인 피아니스트도 상하이 공연을 준비 중이었고 뮤지컬 팀에 더해 우리 같은 한류 선봉의 K─팝 팀……. 적어도 20여 개 기획사가 단독, 혹은 중국 현지 법인과 손을 잡고 준비한 걸로 알고 있어요."

'20여 개……'

윤도가 고개를 끄덕였다.

부용의 의견은 일리가 있었다. 그럼에도 마음 한편에 칼날 같은 오기가 서는 건 어쩔 수 없었다. 그건 명침과 한류 사이의 모순 때문에도 그랬다. 윤도의 명침은 '수입 허가'가 났다. 자긍심 덩어리인 중의들이 해결하지 못하는 독감을 잡아준 것이다.

팩트!

빼도 박도 못하는 팩트였다.

그로 인해 천년 중의학의 자존심에 생채기가 났을 건 명백한 일이다.

한류 역시 같은 맥락으로 보지 않을 이유가 없다. 우수한 문화가 유입되는 건 막을 수 없다. 스마트폰 때문에도 더욱 그랬다. 이건 막는다고 해서 막을 수 있는 게 아니었다.

'어쩌면……'

부용의 달콤한 키스를 받으며 오기를 키웠다. 장침이 된다면 한류도 되어야 했다. 윤도의 입장은 무조건 그랬다. 그게 아니라면 중국 주석의 처사에 모순이 있다.

'주석도 인간이니까.'

윤도의 오기는 조금씩 크기가 커져갔다.

수요일 아침, 세 환자를 보았다. 그중 하나가 경련 환자였다. 느닷없는 근육 경련이 벌써 5년째. 양방이며 한방, 심지어는 민간요법까지 동원해 보았지만 차도가 없었다.

진맥으로 혈자리를 찾았다. 거궐혈과 양릉천혈 부근이었다. 경련성 질환은 대개 거궐혈에서 승부를 본다. 양릉천도 나쁘지 않다. 하지만 이 환자의 혈자리는 다소 변칙적이었다. 그렇기에 정확하게 거궐혈을 짚어 침을 넣으면 효과가 날 리 없었다.

"거궐혈에 놓으시게요?"

윤도가 혈자리를 잡으려 하자 미리 알고 물어왔다. 많은 의료 기관을 찾아다니다 보니 선수가 다 된 환자였다.

"거궐혈은 거궐혈인데 조금 밀렸네요."

윤도가 답했다.

"거기는 맞아도 효과가 없던데……."

"한번 믿어보세요."

말하는 순간 윤도의 장침이 들어갔다.

"……!"

환자의 말문이 닫혔다. 지긋지긋하게 경련하던 팔이 동작을 멈춘 것이다.

"이야, 이햐……."

환자는 넋을 놓은 채 감탄만 거듭했다.

환자를 보내고 가운을 벗었다. 이제 중국 주석 왕마오핑의 초대에 응할 시간이었다. 비행기 표는 이미 이메일로 도착한 후였다. 몸만 가도 되겠지만 습관처럼 장침을 챙겼다.

"다녀오겠습니다. 오늘은 일찍들 퇴근하세요."

접수실로 나오며 직원들에게 인사를 했다.

"원장님, 이거요."

승주가 작은 선물 꾸러미를 내밀었다. 윤도가 요청한 것들이다.

"다 구했어?"

"당연하죠. 누구 명령인데요."

"땡큐!"

"맛있는 거 나오면 배 터지게 먹고 오세요. 말로만 듣던 곰 발바닥이니 제비집이니 하는 요리가 나올지도 모르잖아요?"

"어머, 그러다 그거까지 나오면 어떡해?"

옆에 있던 연재가 몸서리를 쳤다.

"뭐?"

"원숭이 골 요리……."

"언니!"

승주가 빽 소리쳤다. 윤도를 배웅하려던 직원들이 일동 허리를 잡고 웃었다.

비행기는 중국 최대 국영 항공사 남방항공 편이었다. 1등석을 받은 윤도에게 승무원들은 극진했다. 이미 중국 당국의 지시가 떨어진 모양이다.

이륙 후 승주가 준비한 선물 꾸러미를 열었다. 보기에는 영락없는 선물. 하지만 오늘의 윤도에게는 이 선물이 장침 역할을 맡을 수도 있었다. 비행기는 오래지 않아 베이징에 닿았다.

주석궁까지 논스톱으로 달렸다. 비행기가 서자 윤도만 따로 내렸다. 주석이 보낸 리무진을 타고 주석궁으로 향했다. 마치 국가원수의 대접을 받는 윤도였다.

"채 선생님!"

주석궁에 도착하자 반가운 얼굴이 있었다. 어린이병원 첫 번째 환자인 양이닝이었다. 그 옆에는 간호사 리빙빙이 보였다. 그들 역시 주석의 초대를 받은 모양이다.

"몸은 어때?"

양이닝의 등을 토닥이며 윤도가 물었다.

"이제는 아무렇지도 않아요. 에취!"

"……?"

"에헷, 이건 그냥 재채기라고요. 에취……?"

"……?"

"어, 아까는 괜찮았는데 왜 갑자기… 에취!"

"어디 보자……."

윤도가 양이닝의 목뼈를 잡고 살며시 자극해 주었다. 재채기의 명혈 폐수혈이다.

"헤에, 이제 괜찮아요."

"다행이네."

"채윤도 선생님 손은 마법사 손."

양이닝이 엄지를 세웠다.

"리빙빙은 어때요? 그때 몸살 안 났어요?"

윤도의 시선이 간호사 리빙빙에게 건너갔다.

"났어요. 한 나흘 동안 앓아누운걸요. 선생님이 계셨으면 장침 한 방 부탁드리고 싶을 정도였어요."

"지금은요?"

"지금은 보시다시피……."

리빙빙이 어깨를 으쓱해 보였다. 곧이어 단정한 여자 비서관이 들어섰다.

"주석님께서 곧 나오실 겁니다. 다른 나라의 정상께서 와 계신 바람에 방담 시간이 조금 길어지고 있습니다."

"네……."

"소지품은 따로 맡겨주시겠어요?"

비서관이 윤도를 바라보았다.

"이건 제 수족 같은 침이고 이건 주석께 드릴 선물입니다만."

윤도가 소지품을 들어 보였다. 안으로 들어올 때 이미 검색을 받은 것들이다.

"선물은 그렇고… 침은 제가 맡아두겠습니다."

비서관의 미소에는 완곡함이 가득했다. 주석을 치료할 것도 아니기에 침통을 넘겨주었다.

"그럼 가실까요?"

비서관이 복도를 가리켰다.

"와아, 주석님을 만나는 거예요?"

양이닝이 리빙빙에게 물었다.

"그런가 본데?"

"막 떨려요."

"나도 그래."

"채 선생님은요? 선생님은 명침 의사니까 안 떨리죠?"

양이닝이 윤도를 바라보았다.

"흐음, 나도 굉장히 떨리는걸."

윤도는 가벼운 몸서리로 양이닝에게 장단을 맞춰주었다.

"채윤도 선생."

주석이 환하게 웃으며 다가왔다. 풍후한 몸체에 어울리는 밝은 미소였다.

"건강하셨습니까?"

윤도가 인사를 했다.

"오는 길이 고단하지는 않았소?"

"아닙니다. 두루 배려해 주신 덕분에……."

"아무튼 반갑소. 내가 채 선생 보려는 마음이 큰 걸 알았는지 오늘 스케줄이 다 길어졌다오. 세상살이라는 게 꼭 이렇단 말이지."

"별말씀을……."

"우리 양이닝과 리 선생은 왜 그리 긴장하고 계시나? 여기 분위기가 너무 딱딱한가?"

"아닙니다."

양이닝과 리빙빙이 동시에 답했다.

시작은 전격 훈장 수여식이었다.

'훈장…….'

혹시 하고 상상은 했지만 실제로 수여될 줄은 몰랐다. 중국의 훈장은 청와대에서 받는 것과 기분이 또 달랐다.

주석궁의 많은 직원들이 도열한 가운데 윤도와 리빙빙에게 훈장이 주어졌다. 윤도의 격이 더 높았다.

짝짝!

주석으로부터 시작된 박수가 따뜻하게 이어졌다. 윤도에게는 베이징 명예시민증도 주어졌다. 리빙빙은 특진도 약속되었다고 한다. 윤도를 도와 독감 사태를 수습한 공로였다.

"자, 다들 앉으세요. 이 사람이 세 분을 축하하고 위로하기 위해 중국 최고의 연주가 한 분을 모셨습니다."

정원으로 나온 주석이 나무 의자를 가리켰다. 윤도 등이 착석하자 우아한 모습의 여자가 다가왔다. 가볍게 인사를 한 그녀가 연주를 위해 악기 음을 고르기 시작했다. 윤도로서는 처음 보는 악기였다.

"우리 중국의 전통 현악기 '구친'입니다. 우리끼리 말하기로 저 연주를 마음의 바이러스 백신이라고 하지요. 지치고 피곤한 마음에 위로를 주는 귀한 악기입니다."

주석의 말과 함께 연주가 시작되었다.

연주는 가야금 소리를 닮았다. 하지만 음색이 다양하면서도 고요했다. 마치 명상의 세상으로 들어가는 느낌. 음색 하나하나가 긴장을 어루만지고 스트레스를 녹여주었다.

다다당!

우아하고 단아한 연주가 끝났다. 윤도와 리빙빙, 양이닝이 박수로 답했다.

"어떻습니까?"

주석이 윤도에게 물었다.

"굉장하네요. 영혼을 씻어주는 것 같습니다."

"겉보기는 단순하지만 우주가 녹아 있는 악기이자 음색이지요. 공자께서 좋아했다고 하는데 어쩌면 한의학하고도 통하는 연주라 내가 초청했어요. 내가 가장 좋아하는 악기이기도 하고……."

"한의학이라면?"

"악기의 줄이 일곱 개지만 처음에는 오행을 의미하는 다섯 줄이었어요. 이 주법에는 천지인을 상징하는 주법이 쓰이지요. 게다가 리듬이 전해지지 않고 오직 스승이 제자에게 전하는 연주입니다. 침술도 음양오행을 기반으로 하니 어쩌면 서로 닮지 않았습니까?"

"그렇군요."

윤도가 공감했다. 오행이라면 오장육부의 진단과 상호 연관에 많이 쓰인다. 침술 역시 마음으로 체득하고 손이 응하는 것이니 주석의 말이 아주 틀린 건 아니었다.

왕마오핑 주석.

이제 보니 침술 공부까지 하고 나온 모양이다.

연주가 끝나자 주석과 윤도의 독대가 이루어졌다.

"채 선생."

소담한 연못 앞에서 주석이 걸음을 멈췄다.

"네."

"엊그제 자오후닝 상무위원을 만났어요. 놀라운 말을 하더군요."

"이 말씀이군요?"

"그래요. 내가 아는 상식으로 말이 안 되는 일인데 실제로이가 났더군요. 그것도 가지런하게. 하도 신기해서 손가락으로 만져보았을 정도입니다."

"환자를 위해 정성을 다했을 뿐이고, 환자와 제가 잘 맞았을 뿐입니다."

"채 선생."

"예."

"선생의 스승은 누구입니까? 궁금해지는군요."

주석의 시선이 윤도의 눈에 꽂혔다. 진솔하면서도 힘이 가득한 눈빛이다.

스승······.

한류에 대해 의견을 전달하고 싶던 윤도. 스승이라는 단어를 출발선으로 삼았다.

"아까 구침의 리듬을 말씀하셨는데 오직 스승에게서 제자에게 전해진다고요?"

"예."

"그렇다면 제자는 한 스승의 솜씨만을 이어받는다는 건데 저는 좀 다르게 배웠습니다."

"다르다?"

"스승이 한둘이 아니거든요. 제 스승 중에는 중의 왕챠오원 선생님과 장지에용 선생님도 있습니다."

"그게 사실이오?"

윤도의 설명에 주석의 눈빛이 출렁거렸다.

"예."

"허어, 왕챠오원 선생은 한때 내 주치의이기도 했다오."

"비록 잠시지만 그분들에게도 침을 배웠습니다. 그러니 스승이시지요."

왕챠오원과 장지에용.

두 사람을 만난 건 명의순례 때였다. 순례 프로그램에 포함된 침술 시범이었다. 그때 윤도의 넋을 놓게 한 두 사람의 유려한 침술. 그러니 배운 건 배운 것이다.

"그럼 채 선생 침술의 근본이 우리 중국이란 말이오?"

주석의 목소리에서 중화(中華)의 뿌듯함이 배어나왔다. 윤도의 신통방통한 침술. 그 기원이 중국이라면 부러워할 일이 아니었다.

"제 침술은 특정한 나라나 스승으로부터 비롯된 게 아니라 하늘이 내려준 것입니다."

윤도가 슬쩍 선을 그었다.

"하늘?"

"한의들에게 배우고, 중의들에게 익히고, 나아가 고금의 명의들 의서를 뒤적여 한 올, 한 올 제 것으로 삼았습니다. 만약 제가 오직 한국의 침술만을 고집하여 거기에 몰두했다면 그저 평범한 한의사로 침을 놓고 있을 겁니다."

"오라, 열린 마음으로 다양한 의술을 받아들여 내 것으로 재창조를 했다 이거로군요?"

"그렇습니다. 구친이 아름다운 전통 악기지만 침술과 다른 이유가 되겠습니다."

"대단하오. 본시 귤이 회수를 건너면 탱자가 된다고 했거늘."

"과찬이십니다."

"그럼 우리 중의학에 대한 견해는 어떻소? 이번 베이징 독감 때 직접 현장을 보셨을 테니……."

"그렇다고 해야 단 한 번의 기회입니다. '얼핏' 본 것을 가지고 다 아는 듯 말하는 건 온당치 않다고 생각합니다."

윤도는 '얼핏'을 강조하며 주석의 반응을 주목했다. 다행히 주석이 그 단어를 물고 들어왔다.

"얼핏 봤다고 해도 내로라하는 중의가 여럿 있었소. 고견을 말해주면 중의학 중흥 정책에 반영할 생각이라오."

"주석님께서 보기에 중의의 헐거운 점이 무엇이라고 보시는지요?"

윤도가 되물었다. 윤도가 의도한 질문이다.

"그야 물론 외과술 아니겠소?"

외과술.

주석의 반응이 나오자 윤도의 입가에 미소가 스쳐 갔다. 윤도가 기다리던 말이다.

"맞습니다. 한의학과 중의학은 양자 공히 외과술이 약하지요. 하지만 먼 과거에 이미 외과의 전성을 이루었던 중의학입니다."

"외과의 전성?"

"예."

"그때가 언제란 말이오?"

"사기에 나오는 명의 '유부'가 기원입니다."

"오, 유부……."

"그분이야말로 외과학의 기원이자 선구자였지요. 탕약 같은 것보다 환부를 직접 열고, 닫고, 만지며 질환을 잡았으니까요.

끊어진 힘줄은 당겨서 이어주고 장과 위가 병들면 깨끗이 씻어 정기를 바르게 해주었습니다. 일침이구삼약이 아니었습니다. 오직 환부를 열어 간이면 간, 신이면 신, 심지어는 뇌까지 씻거나 환부, 병소를 잘라내고 제자리에 봉합했으니까요. 현대 의학이 암이나 악성 종양 부위를 열어 잘라내고 회복시키는 수술, 이미 고대에 이룬 유부였습니다."

"오……!"

"하지만 전수되지 못했지요. 아시겠지만 편작 때문입니다."

"편작?"

"편작과 그 계통의 중의들이 펼친 의술과 질병에 대한 이론을 망라한 '황제내경' 말입니다. 이 책은 오늘 날까지 면면히 전해지며 유부의 외과학을 잊어버리게 만들었습니다. 아마 황제내경에 '편작편', '유부편'이 있었다면 서양의학은 따로 동양에 들어오지 않아도 되었을지 모릅니다."

"듣고 보니 그렇군요. 편작의 훌륭함이 강조되면서 유부의 훌륭함을 잃어버린……."

"그저 제 생각입니다."

"훌륭합니다. 그렇기에 세상의 것들은 무엇 하나 버릴 게 없다는 뜻이군요. 그런 의미에서 타산지석이라는 말이 나왔는지도……."

타산지석(他山之石).

이 또한 윤도가 원한 단어이다.

한류와 K—팝.

당연히 타산지석에 비교될 말은 아니었다. 한국이 자랑하는 문화의 하나이기 때문이다. 그러나 상황상 부탁해야 하는 입장. 주석의 마음을 흔들기에는 겸양을 담은 단어가 오히려 적합했다.

"타산지석이라 하셨으니 외람된 질문 하나 드려도 될까요?"

"말해보세요. 무엇이든."

"주석님께서 구친을 가장 좋아하신다니 송구합니다만 제가 K—팝 쪽에 지인이 한 사람 있습니다."

"K—팝?"

"주석님께서는 한류 공연이나 K—팝 노래를 들은 적이 있으신지요?"

"당연히 들었지요."

"지인의 말이 중국 각지에서 한류 공연과 K—팝 공연이 추진되고 있었는데 잘 진행되던 공연 허가가 이제 와서 모두 취소될 지경에 이르렀다고 합니다."

"……"

"제 외람된 질문이 그것입니다. 저는 정치는 잘 모릅니다. 하지만 황제내경으로 설명하자면 편작에 올인하면서 유부를 잃어버리는 과실을 범했습니다. 이번 베이징 독감 건에서도 사실

어린이병원의 의료진은 저를 마땅하게 생각지 않았습니다. 하지만 저는 어린이병원에서 작으나마 타산지석이 되었지요."

"……?"

"물론 세상에는 주석님이 아끼는 악기 구친처럼 한 가지 길을 가야만 하는 경우도 있다고 생각합니다. 하지만 제 침을 빌려 설명하자면 혈자리는 사람마다 다릅니다. 한 가지 침법만으로는 만병을 다스릴 수 없습니다. 그렇기에 고래의 침법과 현대의 침법을 함께 공부해야만 더 나은 의술을 실현할 수 있습니다."

"……."

"음악도 그렇지 않을까요? 한류 공연은 중국 젊은이나 지식인들에게 제 장침처럼 문화 공부가 될지도 모릅니다. 이미 많은 나라들, 프랑스를 비롯해 영국, 브라질, 태국, 러시아, 말레이시아 등지에서도 창의성이나 문화 충격으로 받아들여 좋은 영향을 미치고 있습니다. 더불어 그들 나라에서 문제가 되었다는 말은 들은 적이 없습니다."

"채 선생……."

"무슨 사연으로 공연 허가가 안 나는지 모르지만 중국의 국격에 미루어보면 너무 아쉽습니다. 세계의 중심을 자처하는 중국이라면 당연히 세계 각국의 우수한 문화도 포용할 거라는 게 개인적인 기대감이었습니다만……."

"으음……."

"이거……."

윤도가 선물 꾸러미를 내밀었다.

"뭐요?"

"주석님께 드리는 선물입니다. 중국 공연을 꿈꾸던 K—팝 가수와 연주가들의 음반이지요. 혹시나 주석님께서 접할 기회가 없었던 걸까 싶은 마음에 몇 장 준비해 왔습니다. 시간이 나시거든 이 공연과 노래가 과연 중국인들에게 해가 되는 것인지 판단해 주셨으면 하는 바람으로 전합니다."

"……."

"대신 저는 가는 길에 구친 음반을 찾아 사 갈 생각입니다. 중국 공연을 꿈꾸는 지인에게 선물하려고요. 다른 나라에 와서 문화 전도사가 되려면 그 나라 문화를 알아야 할 테니까요."

윤도의 시선이 주석의 눈에서 멈췄다. 주석 역시 윤도에게서 시선을 떼지 않았다. 주석은 한참 후에야 선물 꾸러미를 받아 들었다.

'먹혔다.'

그 순간 윤도는 확신했다. 주석의 눈 속에 출렁이는 느낌 때문이다. 그것은 불쾌감이 아니었다. 아까 편작과 유부를 동시에 추구했다면 한, 중의학이 더욱 빛났을 거라던 설명. 그때

보인 눈빛과 같은 주석이다.

'진인사대천명.'

윤도는 속으로 읊조렸다. 한국 정부가 나설 수 없는 일. 그렇다고 부용과 기획사 대표들이 항의하러 주석궁을 방문할 수도 없는 일. 그렇기에 윤도가 총대를 메었다. 결과가 어떻게 나올지는 모르지만 단순히 밥 한 끼 먹고 가는 것보다는 백 번 낫다고 판단했다.

독대 후에 비서관의 안내로 주석궁을 관람했다. 양이닝, 리빙빙과 함께였다.

"만찬이 준비되었습니다."

관람이 끝나자 비서관이 말했다. 윤도 일행은 만찬장으로 향했다.

"……!"

주석궁에서 만찬을 즐기던 윤도의 눈이 휘둥그레졌다. 도중에 흘러나온 노래 때문이다. 중국 전통음악 뒤에 나오는 음악. 부용의 걸그룹 해피 프레지던트의 신곡과 빙빙의 대표곡이었다. 윤도가 고개를 들자 주석이 가만히 웃었다. 긍정적인 결과를 주려는 걸까? 괜한 설렘에 밥이 어디로 넘어가는지 몰랐다.

"……."

식사 후에 윤도는 또 한 번 뒤집어졌다. 이번에는 주석의 선물 때문이었다. 주석이 내준 건 그가 소장하던 구친이었다.

"구친 음반도 몇 개 넣었습니다."

주석이 직접 선물을 내밀었다.

"주석님……."

"아까 내게 준 음반들, 좋더군요. 구친의 전통음악도 좋지만 아무래도 우리 중국이 제대로 세계화가 되려면 '편작'과 '유부'의 전철을 다시 밟는 건 좋지 않겠죠?"

"……."

"이제 가실 시간인데 한의로서의 선물은 없습니까? 이 사람이 진찰을 좀 받아보고 싶어도 위급 상황이거나 주치의가 아니면 함부로 몸을 맡길 수도 없으니……."

"한국의 의서에 나오는 비결 한 가지를 알려 드리죠."

"오, 그런 게 있습니까?"

"동의보감에 나오는 연진법이라는 건데 침을 분비하는 겁니다. 혀끝을 위쪽 잇몸에 대고 잇몸을 고루 마사지하시면 됩니다. 침 분비가 활발해지면서 피로를 풀어주고 소화를 돕습니다. 그렇게 하면 신진대사가 활발해져 120세까지 장수하실 수 있습니다."

"호오, 아주 간단하면서도 실용적인 방법이군요. 역시……."

"선물 고맙습니다."

윤도가 인사를 전했다.

평평!

큰 인형을 포함해 선물을 한 아름 안아 든 양이닝, 특진과 함께 국가 훈장을 받은 리빙빙, 윤도. 주석과 함께 서서 기념사진을 찍었다.

평평!

행복한 시간이었다.

"선생님."

이제 리빙빙, 양이닝과의 작별 시간. 두 여자(?)가 윤도를 둘러섰다.

"섭섭해요. 저희 집에 모셔서 식사라도 한 끼 대접하고 싶었는데……."

리빙빙이 말했다.

"저희 어머니도 그렇게 말씀하셨어요."

양이닝 역시 서운하기는 다를 게 없었다.

"그럼 다음에 만나면 꼭 방문할게."

윤도가 양이닝에게 약속했다.

"그리고 이거요."

양이닝이 돌돌 말린 종이 한 장을 건넸다.

"뭐야?"

"선생님을 다시 그렸어요."

대답하는 양이닝의 볼에 홍조가 물들었다. 펼쳐보니 윤도의 얼굴이었다. 이번에는 윤도 혼자였다.

"저번에 주석님과 같이 그리게 되어서요."

"그랬어?"

"선생님께 여쭤보지도 않고 한 것 같아서……."

"나는 괜찮았어. 주석님 덕분에 그림이 두 장이 되었네?"

"실은 주석님도 따로 그려 드렸어요."

양이닝의 볼이 더 붉어졌다. 아이들은 솔직해서 감추지를 못한다.

"한국에 오면 꼭 연락하렴. 맛있는 떡볶이하고 치킨 사줄게."

양이닝의 어깨를 토닥거린 윤도가 먼저 리무진에 올랐다.

돌아가는 비행기는 밤 8시였다. 그렇다고 해도 자정 안에는 집에 닿을 일이다. 이번에도 공항 의전은 분에 넘쳤다.

"이제 돌아가서도 됩니다."

탑승구 앞에서 주석궁의 비서관에게 말했다. 윤도 수행 책임을 맡고 온 비서관이다.

"안 됩니다. 선생님이 탑승하는 것까지 보고 오라는 명을 받았습니다."

"그럼 좀 앉으세요."

"그것도 괜찮습니다."

비서관은 손사래와 함께 물러섰다. 명령이라니 더 권하지도 못하는 윤도였다.

베이징발 인천공항행 비행기는 정시에 수속을 시작했다. 신기하게 단 1분도 늦지 않았다.

"그럼……."

비서관과 인사를 나누고 탑승했다.

'후우!'

좌석에 앉으니 겨우 긴장이 풀렸다.

'핸드폰을 꺼야겠지?'

전화기를 꺼냈다. 비행기 모드로 할까 하다가 끄는 것으로 정했다. 막 전원을 끄려고 할 때 전화가 들어왔다. 부용이다.

"어? 웬일이세요?"

─선생님은 지금 어디예요?

"베이징이요. 주석님께 저녁 잘 얻어먹고 인천으로 돌아가는 길인데요."

─중국 주석 만나서 뭐라고 하셨어요?

"뭘요?"

시치미를 떼고 물었다.

─K─팝 공연 말이에요.

"왜요? 문제라도 생겼어요?"

벨트를 조이던 윤도가 허리를 세웠다.

─생겼어요. 그것도 굉장한!

'굉장한 문제?'

그렇다면 보복성 압박이라도 들어왔단 말인가? 아까의 분위기로는 공연 허가는 몰라도 이해도는 높아졌을 것이라 기대한 윤도. 괜한 일을 저지른 건가 싶은 생각에 모골이 송연해졌다.

"천천히 말해보세요. 어떤 문제가 생긴 겁니까?"

—방금 베이징 공연 당국 간부에게서 전화가 왔어요. 이번 공연, 예정대로 실시하자고요.

"예?"

—예정대로 실시요. 허가가 떨어졌대요.

"정말입니까?"

—그래요. 처음에는 믿기지 않았는데 끊고 나니 현지 공연 기획사 사장이 또 전화를 해왔어요. 한류 금지가 잠정 해제된 것 같다고.

"야홉!"

윤도는 저도 모르게 환호했다.

—다만 옵션이 붙었어요. 해피 프레지던트와 빙빙빙 그룹은 반드시 와야 한다고 하네요.

해피 프레지던트와 빙빙빙?

아까 만찬장에서 흘러나온 노래이다. 이제는 그림이 제대로 그려졌다. 주석이 특단의 지시를 내린 게 분명했다.

"축하합니다. 이제 편하게 준비하세요."

—선생님이죠? 선생님이 주석의 마음을 돌린 거죠?

"뭐 그거야 주석님만이 알 일이죠. 아, 그런데 혹시 중국 악기 중에 구친이라고 아세요?"

—들어보기는 한 것 같아요.

"그거 좀 공부하고 가세요. 이유는 묻지 마시고요."

—알았어요. 중국 공연이 성사된 마당인데 뭘들 못하겠어요.

부용은 좋아 어쩔 줄을 몰랐다.

'주석님……'

통화를 끊고 주석을 떠올렸다. 감사의 인사를 전하고 싶지만 전화번호가 없었다. 하지만 비서관의 명함은 있었다.

[편작 편에 유부 편을 고려해 주셔서 정말 고맙다고 전해주세요.]

문자를 비서관에게 전송하고 핸드폰을 OFF로 돌렸다.

중국 훈장에 한류 문화 공연의 성사.

뿌듯한 성과와 함께 비행기가 이륙했다.

2. 스페셜 기프트(Gift)

"와아아!"

인천공항 입국장이 가까워지자 밖이 소란스러웠다.

'또 굉장한 사람이 오나 보군.'

별생각 없이 문을 나섰다. 눈앞에 인파가 보였다. 인기 연예인들이 온 모양이다. 연예인은 한둘이 아니었다. 그런데 그 연예인들이 윤도를 향해 환호성을 내질렀다.

"채윤도 선생님!"

"……?"

윤도의 눈이 휘둥그레졌다. 해피 프레지던트였다. 빙빙빙의 멤버도 총출동했다. 그녀들이 단체로 달려와 윤도에게 꽃다발을 안겨주었다.

"이건……."

윤도가 어리둥절해하자 매니저가 출구를 가리켰다.

"모시겠습니다."

"나를 보려고 온 겁니까?"

윤도가 미우를 돌아보았다.

"네, 선생님. 빨리 가요."

미우가 또렷하게 답했다. 윤도는 졸지에 미녀들에게 포위되어 첩보 작전을 하듯 밖으로 나왔다. 주차장에서야 사건의 전말을 알게 되었다. 거기 부용이 있었다.

"부용 씨."

"얼른 타세요. 팬들이 몰려오면 복잡해져요."

그 말은 협박이 아니었다. 길을 건너는 팬들의 무리가 보였다.

"내 차는요?"

"키 주세요. 다른 직원에게 맡길게요."

부용이 손을 내밀었다. 얼떨결에 키를 건네주었다. 자초지종을 물을 여유도 없이 차가 출발했다.

"마중 나온다는 얘기는 없었잖아요?"

윤도가 물었다.

"이벤트예요. 이벤트는 몰래 하는 게 제맛이고요."

"이벤트……."

"중국 공연 성사, 정말 고마워요."

"그거야 딱히 나 때문이라는 증거도 없을 텐데……."

"증거 찾았어요."

"예?"

"중국 당국자에게 확인했어요. 주석궁에서 비공식적인 루트를 통해 전격 지시가 나온 것 같다고 하더군요. 자세한 건 더 묻지 말라는데 이 일이 채 선생님이 아니면 누구 덕분이겠어요? 만약 한국 관리 같은 사람이 막후에서 힘을 쓴 거라면 벌써 생색내고 난리가 났을 거거든요."

"정말이에요?"

"그래서 제가 애들 이끌고 나온 거예요. 단체로 감사 인사 드리려고요."

"허얼."

"각오하세요. 오늘 집에 들어가시기 어려울 테니까."

부용은 귀여운 협박(?)까지도 서슴지 않았다.

레스토랑은 이미 단체 예약이 되어 있었다. 축하 장치도 세팅이 끝난 후였다. 윤도가 들어서자 조명이 난무하고 꽃술과 폭죽이 터졌다. 윤도 곁으로 몰려든 20여 명의 걸그룹 멤버들은 찰떡처럼 붙어서 떨어질 줄을 몰랐다.

"채윤도 선생님을 위하여!"

박연하가 먼저 건배 제창을 했다.

"와아아!"

"중국 공연을 위하여!"

"와아아!"

건배는 그치지도 않았다.

SN의 중국 순회공연.

그건 올 한 해 SN의 해외 공연 중 가장 비중 있는 기획이었
다. 중국의 동서남북 심장부의 성을 돌며 K—팝의 돌풍을 일
으키겠다는 부용의 전략. 특히 10대 초반을 공략해 미래의 팬
으로서 확보하려는 야심을 담았다.

그렇기에 중국 쪽 파트너도 최고 수준으로 잡았고 공연장
과 무대까지 업그레이드 버전의 한류로 팬들을 사로잡겠다던
계획. 그러나 공연 막바지에 이르러 공연 불가가 확실시되면
서 내상을 감수해야 하는 터였다.

시간과 돈, 거기에 더해 열정.

세 가지를 잃게 되었으니 천하의 부용에게도 상당한 타격
이 될 일이었다.

그런데 좌절의 순간에 대반전이 일어났다. 극적으로 허가가
떨어진 것이다.

"우리 애들이 너무 좋아하죠?"

잔을 든 부용이 물었다.

"그러네요."

"선생님은 간이 큰가 봐요."

"예?"

"우리가 보통 겁 없는 사람을 간이 부었다고 하잖아요. 겁 나지 않았어요?"

"전혀. 없는 말을 한 것도 아니잖아요."

"하지만 주석궁이에요. 중국 주석이 보통 자리는 아니잖아 요?"

"그때 제가 제정신이 아니었나 보죠."

"주석이 선생님에게 반했나 봐요. 전격적으로 허가를 내준 걸 보면."

"저보다야 제 장침이겠죠."

"주석궁에서 침 눠드렸어요?"

"아뇨. 그냥 120살까지 사는 비법만 알려 드렸어요."

"아무튼 너무 고마워요. 이 건은 완전하게 내려놓았는데 마음을 비우고 나니까 일이 되네요."

"어쩌면 각오를 새롭게 하라는 계시인지도 모르죠. 가서서 중국 팬들 확 휘어잡으세요."

"야, 박연하! 미우!"

부용이 걸그룹을 향해 소리쳤다.

"네, 대표님."

"너희들, 채 선생님 말 들었지? 가서 중국 팬들을 싹 녹여 버리는 거다!"

"걱정 마세요! 새로 개발한 골반 안무로 추풍낙엽처럼 쓰러뜨리고 올 테니까요!"

걸그룹은 사기충천이다. 정말이지 그녀들은 천만 대군과의 맞장도 불사할 태세였다.

"자, 다시 한번 건배다! 채 선생님과 우리 SN의 진격을 위하여!"

이번에는 부용이 건배 제창을 했다.

그러자······.

"채 선생님과 대표님을 위하여!"

걸그룹은 엉뚱한 제창을 하곤 우르르 퇴장했다.

"즐거운 시간 되세요."

그녀들은 문 앞에서 고개를 내밀고 합창을 해댔다.

"채 선생님, 정신 바짝 차리세요. 우리 대표님 보통 아니거든요."

"저것들이 정말······."

부용이 발끈했지만 그 또한 애정 표시에 다름 아니었다.

"정신이 하나도 없죠?"

부용이 윤도의 잔을 채우며 물었다. 안에 남은 건 윤도와 부용 둘뿐이었다.

"한의원은 너무 진지하니까 가끔은 이런 분위기도 좋습니다."

"이제 우리끼리 오붓하게 한잔해요."

부용이 잔을 들어 보였다. 윤도가 기꺼이 잔을 부딪쳤다.

"또 뭐 자랑할 거 없어요?"

"자랑이요?"

"주석궁 말이에요. 왠지 판타지 소설의 드래곤 레어 같잖아요. 안에서 보고 듣고 한 것도 굉장히 많을 거 같아서……."

"개인적인 거라면 훈장을 받았어요."

"어머, 중국 훈장을요?"

"네."

"와아, 축하해요. 그거 굉장히 받기 어려운 건데……."

"그럼 저는 공으로 먹은 셈이군요."

"그만큼 선생님이 한 일이 대단하다는 거죠."

"그래서 제 부탁을 들어줬나 보군요? 훈장 받은 사람의 훈격 체면을 고려해서……."

"아뇨. 선생님은 정말 대단한 일 한 거예요."

"그리고 또 하나는……."

윤도가 뒤를 돌아보았다. 주석에게 받은 선물 꾸러미를 찾는 것이다.

"뭐 찾으세요?"

"아까 제가 가지고 내린……."

"잠깐만요."

자리에서 일어난 부용이 선물 꾸러미를 들고 왔다. 작은 포장을 열자 구친이 드러났다.

"어머, 악기네요?"

"이게 중국 전통 악기의 하나인 구친이랍니다."

"구친……."

"제 생각인데 이번 공연에 이걸 응용했으면 합니다."

"구친을요?"

"공연 멤버 중의 한 친구가 이걸 간주 시간에 연주한다든가 하면……."

"이유가 있군요?"

"지난번에 부용 씨가 말한 맥락과 같아요. 중국에서 하는 공연이니 저들의 전통문화와 동화되는 모습을 보여주면 저들의 긍지도 살릴 수 있고 개인적으로는 주석께서 애호하는 악기이니 공연 수락에 대한 보답일 수도 있고요."

"굿 아이디어네요. 해외 공연 때는 그런 전략을 쓰고 있어요. 이번 중국 공연도 당연히 그 지방의 특색이나 문화 같은 걸 고려하고요. 하지만 구친은 생각해 보지 못했어요. 반영할

게요."

"고맙습니다."

"아뇨, 제가 고마워요."

부용의 입술이 다가왔다. 샴페인을 마신 입술이라 달착지근했다. 그녀를 당겨 한 번 더 키스를 했다. 술이 슬쩍 올라왔다.

"미국에 보낸 논문은 어떻게 되고 있나요?"

부용이 숨을 돌리며 물었다.

"아직 연락은 없는데 별 기대는 하지 마세요."

"어머, 왜요?"

"처음이잖아요. 게다가 한의학 논문이라 의학 전문지에서 어필할 수 있는지는 미지수입니다."

"제가 학술지 편집장이라면 그 반대로 하겠어요."

"반대요?"

"희소성이 있잖아요. 그런 게 더 가치 있는 탐구가 아닌가요?"

"말만 들어도 괜히 자신감이 생기는데요?"

"그럼 우리 2차 가요. 괜찮죠?"

"지금 살짝 취기가 오르는데……."

"지금 제 앞에서 약한 모습?"

"아닙니다. 까짓것, 가죠, 뭐. 이런 날 안 마시면 언제 마시겠어요?"

윤도가 일어섰다.

2차는 부용의 집무실로 쓰이는 원룸 아파트였다. 안으로 들어서자 단아하게 준비된 미니바가 보인다.

"대충 준비는 했는데… 이보다는 저도 선생님께 선물을 드리고 싶어요. 뭐 원하는 거 없으세요?"

부용이 물었다.

"이렇게 환영해 주는 것만으로도 충분해요."

윤도가 부용을 당겼다. 부용과 단둘이 있는 시간. 스페셜 기프트다. 이보다 더 좋은 선물은 없을 일이다.

"술은 안 마시고요?"

"천천히 마시면 되죠, 뭐."

윤도의 입술이 부용의 입술을 덮었다. 그녀는 저항하지 않고 안겨왔다. 뒤로 안은 팔에 힘을 주자 부용의 허리가 활처럼 휘었다.

"주석궁 만찬이 굉장히 좋았나 봐요?"

부용이 코앞에서 물었다.

"음식보다는 분위기가 좋았죠."

"전 또 해구신이라도 먹은 줄 알았어요. 팔에 힘이 탄탄하게 들어가서……."

"하나 달라고 할 걸 그랬군요. 뭐든 차려줄 분위기였는데······."

윤도가 조크로 응수했다.

"선생님······."

부용이 윤도의 품을 파고들었다. 그 얼굴을 거칠게 세워 딥 키스를 퍼붓는 윤도였다. 긴장도 풀리고 마음도 풀렸다. 그렇기에 내숭을 뗄 생각도 없었다.

2차······.

어쩌면 틀린 말도 아니었다. 윤도는 입안의 알코올 기운을 부용에게 밀어 넣었고 부용은 그것을 윤도에게 밀어 넣었다. 새로 추가되는 알코올이 없음에도 술이 확 올라왔다. 급기야 윤도의 다른 손(?)에도 힘이 들어갔다. 그대로 부용을 벽으로 밀었다. 거칠게 옷을 벗겨 내렸다. 마지막 속옷을 내리자 부용의 나신이 연꽃처럼 드러났다. 하필이면 창을 넘어온 달빛이 그녀의 몸을 비추었다. 여신 강림이다. 적어도 이 순간의 느낌은 그랬다. 윤도는 더는 참을 수 없었다. 그 자리에서 부용의 샘물을 더듬었다.

"아······."

부용의 입에서 가녀린 탄식이 나왔다. 그게 윤도를 당기는 신호였을까? 불끈한 윤도의 남자가 혈자리를 찾아들어 가듯 부용의 안으로 밀고 들어갔다. 샘물의 문은 저절로 열렸다. 장침을 맞이하는 혈자리처럼 너무나 자연스러운 합궁이었다.

"아아아아!"

부용의 숨소리가 거칠어졌다. 그럴수록 윤도는 더 깊은 곳까지 밀어붙였다. 이 혈자리는 끝이 없었다. 끝인가 싶으면 아직 아니었고, 그만이다 싶으면 또 깊어졌다.

그 열락의 끝에 닿았다고 느낄 때, 윤도의 화산이 폭발했다.

화아악!

폭발의 섬광은 카타르시스가 되어 머리를 휘돌았다.

다라라랑.

그 머리에서 구친의 연주음이 들렸다. 지상의 모든 안락과 화평의 소리 같은 연주음이다. 윤도는 부용에게 키스를 한 후 가만히 늘어졌다.

"선생님."

부용의 맨살이 윤도의 몸에 닿았다.

"네."

"처음에는 신선 같았는데 이제는 진격의 거인 같아요. 장침 하나 들고 거침없이 날아가는……."

"그 추진력은 부용 씨가 마련해 준 겁니다."

"사실은 입도선매였어요. 사업가의 투자 필이 적중한 거죠."

"필?"

"오랫동안 정신 질환을 앓았잖아요? 그래서 신기(神氣)가 쌓여 있었나 봐요."

"저한테 투자한 투자자로서의 소감은 어때요?"

"기가 막힌 투자였죠. 제 인생 최고의 투자예요."

"하핫, 최고까지야……."

"그런 생각을 가지고 있다면 더 고마워요. 발전할 수 있잖아요. 선생님은 이 정도에서 안주하면 안 되는 사람이니까요."

"어디까지 날아야 하는 거죠?"

"한의학… 적어도 서양의학과 엇비슷한 수준으로 맞추셔야죠. 선생님 한 사람으로는 이미 그걸 넘었지만 전체로는 아직 멀었어요."

"부용 씨를 만나면 늘 숙제가 생기네요."

"해낼 능력이 있는 분이니까요."

부용이 더 밀착되어 왔다. 풀이 죽어 있던 윤도의 중심이 다시 고개를 들었다. 걸친 옷이 없기에 감출 수도 없는 상황. 한 번 더 예열이 시작되었다.

"이것 봐. 틀림없이 특별한 걸 먹었다니까요."

부용이 배시시 웃었다.

특별한 것.

부인할 생각은 없었다. 중국 훈장도 먹었고 주석의 신임도 먹었다. 그렇기에 그녀를 위해 멋지게 한 건 올린 날. 이런 날 좀 거하게 누리면 어떨 것인가? 윤도는 다시 기관차의 폭주를 시작했다.

칙칙폭폭.

첫판보다 길고 화끈하게 달렸다.

기프트(Gift).

이 단어에는 배우자의 난관 내 이식이라는 뜻도 있다. 윤도는 이제 그녀의 난관에 장침을 이식 중이다.

3. 파죽지세의 쾌거

꽃.

수없이 만발한 초원이었다. 너무나 싱그러워 향에 물들 것 같았다. 어쩌면 천상의 향이 고스란히 내려온 것 같은 파라다이스. 윤도는 그 중심에 있었다. 아름다운 산호초로 뒤덮인 남태평양의 작은 섬을 하늘에서 내려다본 것만큼 청명한 초원이었다.

사방을 음미하는 순간 꽃들이 오각 빙창을 이루며 튀어 올랐다. 하늘 높이 치솟은 빙창들은 하얀 악몽이 되어 윤도에게 쏟아졌다. 빙창은 이제 악마의 손이었다. 오각 빙창들이 내리

꽂힌 몸에 붉은 선혈이 치솟았다. 마디마디 끊겨 나간 살점과 멋대로 부러진 관절들. 너무나 참혹해 윤도는 비명조차 지르지 못했다.

"악!"

비명은 꿈에서 깬 후에야 질렀다. 재빨리 몸을 보았다. 육체는 무사했다.

'후우.'

겨우 숨을 내쉴 때 어머니가 문을 두드렸다.

"채 의원, 괜찮아?"

"네, 괜찮습니다."

대답을 하고 샤워실로 향했다. 따끈한 물에 이어 찬물로 마무리를 하니 겨우 정신이 맑아졌다.

"악몽 꿨어?"

식사를 차려놓은 어머니가 물었다.

"그랬나 봐요."

"악몽이면 좋은 거네. 꿈은 반대라니까."

"그렇죠?"

"이거 먹어봐. 우리 원장님이 채 의원 주라고 특별히 보내신 거야."

어머니가 밀어준 건 울릉도 특산물 명이장아찌였다. 달착지근하면서도 깊은 간장의 맛이 좋았다.

"아버지는요?"

"아까 나가셨지. 요즘 신제품 개발한다고 또 난리다. 기술 자금 대주는 곳도 생겼다나?"

"이제 슬슬 아버지 저력이 나오네요."

"저력은 무슨… 다 우리 채 의원 침 덕분이지."

"그 침의 시작이 누군데요? 아버지, 어머니 없었으면 제 침도 없어요."

위안부 할머니에게 배운 명언을 여기다 써먹었다.

"그러고 보니 그러네."

어머니는 공감 100%다.

"그러니까 아버지 잘 챙겨 드리세요."

"그래야겠다."

어머니가 웃는 걸 보며 집을 나섰다. 집안이 화목하다는 건 참 행복한 일이다. 아무 불편 없이 일에만 몰두하면 되니까.

기분 좋은 시작은 한의원에서도 이어졌다. 이번 주인공은 진경태였다.

"자, 잘 삭혀둔 새 발효차가 나왔습니다. 시원하게 마시고 하루 시작하세요."

진경태가 내놓은 건 백야초였다. 백 가지 약초와 식물로 만들었다는 백야초는 독특하면서도 혀에 착착 감겼다.

"우리 실장님은 특별히 곱빼기."

진경태가 정나현의 잔을 넘치게 따랐다.

"어, 그 잔은 왜 그렇게 많아요?"

승주가 괜한 태클을 걸었다.

"그럼 김 샘도 꽉꽉 눌러줘?"

"주세요. 맛있는 건 꼭 실장님만 많이 주시더라."

승주가 잔을 내밀었다. 진경태는 얼굴을 붉히며 그 잔을 채웠다. 일과를 시작하기 전에 마시는 한방차. 격조까지 높여주는 맛이었다.

잔을 놓을 때 윤도의 전화가 울렸다. 하지만 가운 안에 들어 있어 잘 들리지 않았다. 두 번째 울릴 때는 승주가 신호음을 들었다.

"원장님, 전화 온 거 아니에요?"

"응? 전화?"

윤도가 전화기를 꺼냈다. 수신음이 끊긴 후였다.

"……?"

무심코 전화번호를 보던 윤도가 고개를 갸웃거렸다. 이상한 번호가 길게 찍혀 있었다.

'중국?'

국제 전화번호를 떠올렸다. 중국 국가 번호는 86이다.

'중국은 아니고…….'

보이스피싱일까? 다시 번호를 보려는데 같은 번호 전화가 들어왔다.

빠라빠라빵!

"왜요? 보이스피싱입니까?"

진경태가 물었다.

"아닌 거 같은데요."

대답을 한 윤도가 전화를 받았다.

"……!"

전화를 받는 순간, 윤도는 바로 전화기를 떨어뜨렸다.

"원장님!"

직원들이 일제히 반응했다.

"아, 아니… Hello?"

윤도의 언어가 영어로 바뀌었다.

"그, 그게 정말입니까?"

묻는 목소리도 떨렸다.

"제 논문이 NEJM 게재 결정이 확정되었다고요?"

이제는 다리까지 후들거리는 윤도.

"원장님……."

"자세한 건 이메일 참조… 알겠습니다. 고맙습니다."

윤도가 전화를 끊었다. 하지만 두 손과 다리는 더 치열하게 떨리고 있었다.

"원장님……."

승주가 물을 내밀었다. 윤도가 컵을 받았다. 물을 절반이나 흘렸다. 멋대로 요동치는 경련을 이기지 못하는 윤도였다.

"원장님……."

"잠깐, 잠깐만요. 컴퓨터… 컴퓨터……."

"접수대 것 쓰세요. 켜져 있어요."

이번에는 정나현이다. 윤도가 접수대로 뛰었다. 미친 듯이 자판을 두들겼다.

탁!

마지막으로 엔터키를 칠 때는 자판이 부서질 정도였다.

"……!"

윤도의 시선이 이메일 앞에 멈췄다. 얼굴을 들이대고 손가락으로 문장을 짚으며 읽었다.

"귀하의 논문은 뜻깊게 읽었으며 우리 학술지의 심사의원들은 격론을 벌인 끝에 만장일치로……."

"원장님."

"실장님, 영어 잘하죠? 이것 좀 번역해 보세요."

윤도가 정나현을 불렀다.

"영어야 원장님도……."

"글쎄, 빨리요."

윤도가 재촉하자 진경태가 정나현의 등을 밀었다.

"우리 학술지는 격론 끝에 심사의원 만장일치로 귀하의 치매 치료 논문에 대해 기꺼이 게재를 수락하게 되었으며 이에 통보하게 됨을 진심으로……."

"치매 논문?"

듣고 있던 승주의 목소리가 높아졌다.

"악!"

연재는 비명까지 질렀다.

"원장님, 그럼?"

눈치를 차린 진경태의 눈도 휘둥그레졌다.

"맞아요. 뉴잉글랜드 저널 오브 메디슨의 논문 게재 축하 통보예요!"

번역을 끝낸 정나현이 소리쳤다.

"원장님!"

마침내 윤도에게 쏠리는 직원들의 눈.

"세상에, 이거 꿈 아니죠?"

윤도가 되물었다. 그러자 진경태가 발을 비벼 윤도 구두코를 뭉갰다.

"악!"

"아프죠?"

"그야……."

"그러니까 꿈은 아닙니다. 축하합니다, 원장님!"

진경태가 두 팔을 벌렸다.

"정말 꿈이 아니라고요?"

"당연하죠. 이건 원장님의 노력과 의술로 따낸 쾌거입니다. 뉴잉글랜드 저널 오브 메디슨 논문 게재, 진심으로 축하합니다."

"축하합니다!"

정나현을 비롯한 간호사들이 합창을 했다.

"⋯⋯!"

윤도는 말을 잃었다.

NEJM, 즉 뉴잉글랜드 저널 오브 메디슨.

의학 분야에서는 세계 최고의 명성을 자랑하는 학술지다. 네이처나 셀지보다도 더 높이 인정받는 세계 최고의 학술지. 그 학술지가 윤도의 장침을 인정한 것이다. 게다가 관련 치매 약이 FDA 심사에 들어가 결과를 기다리는 마당. 잘하면 백투백 홈런의 신호탄이 될 수도 있었다.

"빙고!"

그제야 윤도의 입에서 사자후가 터졌다. 두 팔을 벌리고 있는 진경태를 끌어안았다. 다른 간호사들도 모두 동그랗게 포옹을 했다. 꿈에서나 그리던 뉴잉글랜드 저널 오브 메디슨에 논문 게재. 그 영광을 실현하는 윤도였다.

"부원장님."

당장 도와준 사람들에게 전화를 걸었다. 이 논문에는 많은 사람의 협조가 있었다. 특히 SS병원과 JJ병원, 광희한방대학병원의 협조가 절대적이었다. 그들 덕분에 다양한 치매 환자를 접할 수 있었고, 치료에 관해 폭 넓은 데이터를 확보할 수 있었다.

다음으로는 마혁과 안미란 등의 실무 협력자들이다. 이들에게는 특별한 보상도 없었다. 윤도가 철저하게 명예 저자, 게스트 저자, 기프트 저자 등의 관행을 커트해 버린 것이다. 그럼에도 그들이 기꺼이 협력한 것은 윤도의 논문이 그만한 가치가 있고 의술의 발전에 기여할 거라는 기대 때문이었다. 부수적으로는 그들 병원의 환자 완치에 도움을 받는 실익도 있었다.

"안 선생님."

마지막 통화자는 안미란이었다. 그녀야말로 많은 걸 보조해 주었다. 그렇기에 인사를 빼놓을 수 없는 인물이다.

―축하해요! 정말 축하해요!

안미란은 자기 일보다 더 기뻐해 주었다.

논문 관련자들과의 통화가 끝난 후에야 류수완에게 전화를 걸었다. 그가 발딱 뒤집어진 건 당연한 일이었다. 그는 한 시간 이내에 꽃다발을 들고 날아왔지만 일착을 찍지는 못했다. 이미 윤도의 한의원은 꽃다발로 가득 차 있었다. 한의사협

회를 필두로 SS병원과 JJ병원, 광희한방병원은 물론이고 관련 스태프들이 빠짐없이 축하 인사를 보낸 것이다.

맨 먼저 도착한 꽃은 진경태에게 주었다.

"받으세요."

"원장님."

"아저씨가 없었다면 해내기 어려웠을 겁니다."

윤도가 상기된 얼굴로 말했다.

"원장님 고집을 아니까 이건 챙기겠습니다만 대신 이걸 받으십시오."

진경태가 큼지막한 꽃바구니를 건넸다. 종일과 둘이 지갑을 털어 준비한 것이다. 덕담을 주고받는 사이 류수완이 도착했다.

"원장님!"

류수완은 두 팔을 벌려 윤도를 껴안았다.

"내가 이럴 줄 알았지만 진심으로 축하드립니다."

류수완은 윤도의 등짝이 터져라 두드려 댔다.

"사장님 덕분입니다."

"아닙니다. 저야 원장님 덕분에 제2의 전성기를 누리는 사람이죠. 진짜 대단한 일 해내셨습니다."

"이거 꿈은 아니겠죠?"

"당연히 아니죠. 제가 그쪽에 확인해 봤습니다. 모든 것이

퍼펙트했다고 하더군요."

"퍼펙트……."

"덕분에 FDA 심사에도 유리해질 것 같습니다."

"FDA에도요?"

"당연하지 않습니까? 최고의 학술지에서도 인정한 원리입니다. 논문이 치매 신약 자체는 아니지만 그 기원이에요. 분명히 심사에 영향을 미칠 겁니다. 제가 스카우트한 제임스 이사도 같은 의견이었습니다."

"그렇게만 된다면 좋겠습니다."

"우리는 최선을 다했습니다. FDA에 장난질이 들어오지 않는 이상 허가가 떨어질 겁니다."

"장난질이라면?"

"다국적 제약 회사들이죠. 효과 좋은 신약이 나오면 그들의 기성 제품이 치명타를 받게 되니까요. 실제로 그런 일은 비일비재하게 일어나고 있습니다. 검은 커넥션 말이죠."

"미국에서도 말입니까?"

"지구상 어디라도 마찬가지입니다. 심지어는 기존 약 시장을 지키기 위해 신약 특허권을 사서 사장시켜 버리는 업자도 있습니다."

"……."

"이도 저도 아니면 부정적인 논문이나 연구 결과를 내세워 이슈를 터뜨리죠."

"그럼 우리가 신청한 신약도?"

"제임스 이사의 정보에 의하면 다국적 제약사 두 곳에서 자신들이 후원하는 약학자를 내세워 부정적인 연구 결과를 투서한 모양이더군요. 하지만 그들은 침술을 모르는 터라 혈자리에 독창적으로 반응하는 신약을 흠집 내기에는 역부족이었다고 합니다."

"다행이군요."

"그나저나 표정 관리 좀 하시죠."

"왜요? 기자들이라도 불렀습니까?"

"당연하죠. 뉴잉글랜드 저널 오브 메디슨에 아무나 실립니까? 이건 대통령 훈장 받고 중국 독감 박살 낸 것 못지않은 대사건입니다."

"사장님."

"죄송합니다. 그렇다고 중이 제 머리 못 깎는다고, 선생님이 기자들 부를 것 같진 않아서……."

"그럼 잠깐만 기다리십시오. 저도 불러야 할 기자가 있습니다. 빼먹으면 보복할 분이거든요."

윤도가 말하는 건 성수혁 차장이다.

펑펑펑!

한의원 정원에서 기자회견이 시작되었다. 치료를 받으러 온 환자들까지 하객으로 나서주었다.

"한국 침술의 우수성을 알릴 수 있는 징검다리를 놓게 되어 큰 보람으로 생각합니다."

인터뷰 요지는 그랬다. 침술로 뚫어낸 타입침안(駝入針眼), 즉 낙타가 바늘구멍을 통과한 것에도 비교할 수 없는 쾌거였다.

펑펑!

카메라 불꽃이 터졌다. 플래시의 발광이 오각 빙창처럼 찬란하게 보였다.

꿈은 반대라던 어머니 말이 맞았다. 악몽이 아니라 길몽이었다. 윤도는 카메라에 마음껏 취했다.

기자회견이 끝난 후에야 윤도는 가족에게 사실을 알렸다. 아버지와 어머니는 뉴잉글랜드 저널 오브 메디슨이 뭔지 잘 모른다. 하지만 윤도가 한 일이니 무조건적인 축하와 지지를 보내주었다.

대미의 장식은 부용으로 정했다.

'깜짝 놀라겠지?'

흐뭇한 마음으로 핸드폰을 잡았을 때다. 마침 전화가 들어왔다. 놀랍게도 부용이었다.

ㅡ선생님, 세계 최고 학술지 게재를 축하드려요!

부용이 선수를 치고 나왔다. 이심전심이 따로 없었다.

"어, 어떻게 알았어요? 설마 우리 한의원에 CCTV를?"

―모르셨어요, 제가 선생님 심장에다 최신 버전 몰카 설치
한 거?

"부용 씨."

―농담이고요, 인터넷 보세요. 벌써 기사가 쫙 떴어요.

놀란 윤도가 컴퓨터의 인터넷을 열었다.

"……!"

부용의 말은 사실이었다. 성수혁 기자의 1보였다. 뒤를 이
어 다른 유력 일간지와 통신사들의 뉴스도 줄줄이 이어졌다.
총알처럼 빠른 인터넷 시대를 실감하는 윤도였다.

―이제 누명 벗었으니 다시 정식으로 인사드릴게요. 진심으
로 축하합니다, 채윤도 선생님!

부용의 목소리가 또박또박 이어졌다. 그러는 사이에도 한의
원에는 축하 화환과 꽃다발이 켜켜이 쌓여가고 있었다.

"원장님!"

두 명의 암 환자를 시침하고 왼다리를 못 쓰는 환자가 걸어
서 나갔을 때 승주가 뛰어들어 왔다.

"왜 그래?"

"전화요, 전화!"

승주가 헐떡거리며 말했다.

"무슨 전화? 숨넘어가겠네."

"청, 청와대⋯⋯."

"청와대?"

그 한마디에 윤도도 동공이 멈췄다.

―안녕하십니까, 채윤도 선생?

수화기에서 대통령의 목소리가 흘러나왔다.

"대통령님."

―방금 쾌거를 이뤘다는 보도를 보았습니다. 뉴잉글랜드 저널 오브 메디슨에 논문이 게재된 걸 축하드립니다.

"감사합니다."

―이거 요즘은 채 선생이 나보다 더 애국하는 것 같군요. 일본에 중국, 이제는 세계적인 학술지까지.

"대통령님의 관심과 격려 덕분입니다."

―아닙니다. 비서관에게 들으니 이게 굉장한 학술지라고요?

"의학을 하는 사람이라면 누구든 한 번은 게재되고 싶어 하는 학술지이기는 합니다."

―장하십니다. 더구나 우리 고유의 침술을 주제로 한 거라니 더욱⋯⋯.

"고맙습니다."

―곧 자문의님들에게 식사 한번 대접할 예정이니 오셔서 수제비라도 같이 드시고 침도 한번 부탁드립니다. 새로 오신 주방장이 수제비를 기가 막히게 잘 빚어냅니다.

"불편한 데가 생기셨습니까?"

—허헛, 이 나이쯤 되면 여기저기가 다 부실하죠.

"알겠습니다. 감사합니다."

윤도가 전화를 끊었다.

"뭐래요?"

승주가 귀를 세우고 물었다.

"김 샘이 엿듣는다고 나중에 얘기하자는데?"

"원장님!"

"하핫, 조크야. 언제 한번 들어오라네. 침 좀 맞고 싶으신 모양이야."

"와아!"

"지금 그렇게 넋 놓을 때야? 환자 밀렸다면서?"

"어머, 내 정신."

승주는 자기 머리를 쥐어박고 복도로 뛰어나갔다.

뉴잉글랜드 저널 오브 메디슨.

보고 또 봐도 뿌듯했다.

'고마워.'

화면에 이메일 통보를 보며 두 손을 모았다.

가만히 신비경과 두 손을 바라보았다. 산해경의 영약을 꺼내올 수 있는 신비경. 그러나 매사를 신비경에 의지하지 않았다. 이제는 신비경이 없어도 모든 질병에 도전할 수 있는 윤도였다. 차이는 단지 신속성, 즉 쾌유의 시차일 뿐이었다. 영약이 있으면 치료 효과가 빠르다. 하지만 영약이 없어도 치료는 가능했다. 단지 시간이 더 걸릴 뿐이다.

신침을 놓는 손가락과 영약.

그 두 가지는 줄기차게 협력하며 윤도의 의술 성취를 높여 가고 있었다. 난치병과 불치병, 유행병을 고치며 치료법과 자신감을 안겨주었고, 그 경험을 신약 개발로 이어놓았다. 이제는 가지런히 정립한 치료법으로 세계 최고의 학술지까지 등정한 윤도. 가만히 눈을 감고 헤이싼시호의 흰빛을 생각했다. 그걸 생각하며 조금도 자만하지 않았다. 이 축복은 윤도 한 인간의 욕망을 위해 허락된 것이 아니었다. 세상의 모든 질병, 세상의 모든 가난한 사람, 세상의 모든 고통받는 환자들…….

감격을 내려놓고 가운을 여미었다. 승주에게 말한 대로 시침이 끝나지 않았다.

"눈이 제대로 보여요!"

난시에 이은 녹내장 발병으로 시력 상실을 코앞에 둔 환자가 감격으로 환호했다. 풍지혈과 합곡혈에 침을 넣어 녹내장을 극복하게 해준 윤도였다. 40대 초반의 남자 환자. 시력이 떨어지면서 직장에 사표를 낼 지경이었다. 녹내장에는 약도 없다는 말에 좌절하다가 윤도를 찾아와 희망을 찾은 것이다.

"제 평생의 은인이십니다."

환자는 허리를 숙인 채 일어설 줄을 몰랐다. 오늘의 치료가 끝나자 윤도가 접수실로 나왔다. 접수실은 꽃의 바다를 이루고 있었다.

"정 실장님."

윤도가 정나현을 불렀다.

"네, 원장님."

"오늘 같은 날 회식 한번 해야죠? 어디 쿨한 데로 예약하세요. 오늘은 가족들까지 모시고 와도 됩니다."

"와아!"

승주와 연재가 반색했다.

이날의 회식은 작은 연회가 되었다. 윤도의 가족은 물론이고 부용과 그 오빠 이진웅, 김 전무에 이어 스떼빠과 뤄샤오이까지 참석했다. 류수완과 복지부 차관에 노래하는 아들 노정명도 왔다. 거기에 더해 길상구 부원장, 조수황, 송재균, 안미란, 고양이 명의 노윤병에 손석구까지. 하객은 자꾸자꾸 밀려들었고, 윤도는 그만큼 더 행복해졌다.

"선생님."

겨우 숨을 돌릴 때 안미란이 다가왔다.

"많이 먹었어요?"

"당연하죠. 제가 알고 보면 광희병원 원조 먹방이에요."

"설마?"

"진짜라니까요? 제가 마음먹으면 삼겹살 5인분도 문제없어요. 일본에 배낭여행 갔을 때는 990엔 무한리필 초밥집에서 56접시째 먹다가 쫓겨났다니까요."

"……."

"그건 그렇고, 모레가 오프인데 선생님 한의원에 연수 가도 돼요?"

"으음, 빡세게 굴릴지도 모르는데……."

"그럼 완전무장하고 가죠, 뭐."

"오세요. 선생님이라면 언제든 환영입니다."

윤도가 환하게 웃었다. 침술에 대한 학구열과 탐구심이 넘치는 안미란. 그녀라면 말릴 게 없는 윤도였다.

"어이, 채 선생, 작업 그만하고 저쪽에 좀 가봐. SS병원 부원장님 오셨어."

송재균이 다가와 윤도의 어깨를 쳤다. 윤도는 황급히 손님을 향해 뛰었다.

"채 선생 대단하지?"

송재균이 뒷모습을 보며 말했다.

"맞아요. 실력은 최고, 잘난 척은 최저… 그러면서도 카리스마와 포스는 팍팍!"

"원래 진짜 실력 있는 사람은 교만하지 않잖아?"

"그건 저도 알아요. 송 선생님이 모델이니까."

"뭐야?"

"솔직히 처음에 굉장히 폼 잡았잖아요? 대한민국 최고 침술가인 양."

"그거야……."

"저 모레 채 선생님 한의원 연수 가는 거 허락받았어요."

"결국 시도해 보려고?"

"네!"

안미란이 고개를 끄덕였다. 윤도 쪽을 바라보는 그녀의 시선은 한없이 비장했다. 마치 굳은 결단이라도 품고 있는 듯.

이틀 후, 이슬비가 내렸다. 윤도는 업무 전부터 바빴다. 각종 매체에서 들어온 인터뷰 요청 때문이다. 인터뷰를 즐기지는 않지만 내칠 수도 없었다. 덕분에 이틀 동안 근 30여 군데의 매체와 인터뷰를 하는 윤도였다.

〈현대 의학을 넘보는 한방 신의 손〉

〈탄탄한 이론 위에 쌓아올리는 장침 신화〉

〈이론에 실전, 신약 개발까지 아우르는 한국 의술의 미래〉

다양한 찬사가 나왔다. 덕분에 이틀 내내 실검 1~2위를 오르락내리락했다. 어제는 인상적인 선물도 받았다. 갈매도 할머니들이 보낸 항공 택배였다. 특히 차명균 선장이 보내준 반건조 민어가 일품이었다. 시간을 내어 하나하나 전화로 인사를 드렸다.

—여름에 놀러 와요.

차명균 선장의 인사는 늘 그랬다.

인터뷰의 마지막 차례가 끝나자 대기실에 낯익은 얼굴이 보였다.

"안녕하세요, 원장님?"

광희한방대학병원의 안미란. 그녀가 꾸벅 인사를 해왔다.

"진짜 왔군요?"

윤도가 그녀를 맞았다.

"당연하죠. 저 실은 아침 8시부터 와 있었어요."

"예?"

"그런데 선생님이 인터뷰 중이어서……."

"그래도 말을 하시지. 차라도 한 잔 드셨어요?"

"네, 저기 한약사 선생님이 챙겨주셔서……."

안미란이 진경태를 가리켰다.

"저기요, 여기 잠깐 보세요."

그 자리에서 직원들을 불러모아 소개시켰다.

"그 유명한 광희한방대학병원 있잖습니까? 거기 수련의로 계시는 안미란 선생님입니다. 제가 연수받을 때 제 사수셨고 논문 쓰는 데 지대한 도움을 주신 분이죠. 오늘 우리 한의원에 한 수 지도하러 오셨으니 많이들 도와주세요."

"채 선생님!"

윤도의 소개말에 놀란 안미란이 펄쩍 뛰었다.

"일단 제 방으로 가시죠."

윤도가 안미란의 등을 밀었다.

"몰라요. 그렇게 소개하시면 어떡해요? 침술 배우러 온 사람에게."

원장실로 들어선 안미란이 볼멘소리를 했다.

"다 사실이잖아요? 그리고 침술이야 뭐 같이 배우고 나누는 거지……."

"선생님."

"가운 필요할 텐데 간호사들 가운 하나 내드려요?"

"제 것을 가져왔어요."

안미란이 쇼핑백을 가리켰다.

"으음, 오지 말라고 했으면 큰일 날 뻔했군요."

"거절하시면 요 앞에서 1인 시위하려고 했거든요."

"그럼 빡세게 이론부터 들어갑니다."

"그럴까 봐 공부도 좀 하고 왔지요."

"술 취한 사람에게 자침하면?"

윤도가 바로 선공을 날렸다.

"선생님."

"곧 시침 들어갈 거거든요."

"기가 어지럽게 되어 해롭다."

윤도의 다그침에 안미란이 답을 내놓았다.

"화난 사람에게 침을 놓으면?"

"기가 역으로 올라 실신할 수 있다."

"영추에 나오는 거 요점만 읊어보세요."

"섹스를 금방 끝낸 사람에게는 자침 불가요, 만약 자침했으면 섹스를 금하라. 취한 사람에게 자침하지 말며 자침했으면 마시지 마라. 과로한 사람에게 자침하지 말며 자침했으면 일하지 마라. 배고픈 사람에게 자침하지 말며 자침했으면 배고프지 않게 하라. 목마른 사람에게 자침하지 말며 자침했으면 목마르지 않게 하라. 고열에 자침하지 않으며, 땀이 흐를 때 침을 놓지 않으며, 맥이 팔딱거릴 때 침을 찌르지 않는다."

"그만."

"하핫, 딱 거기까지 복습하고 왔는데 운이 좋네요."

"그럼 나는 운이 없는 건가요?"

"뭐, 그렇다고 봐야죠. 귀찮은 제자 하나 두게 되었으니까."

"제자라고요?"

"광희에서는 다들 저보고 채 선생님 수제자라고 해요. 심지어는 과장님도 그런다니까."

"……"

"아무튼 시작하시죠. 저는 준비 끝났습니다."

안미란은 어느새 가운을 두르고 있었다.

"그럼 시작합니다."

윤도가 장침 통을 잡았다.

첫 환자는 위암 환자였다.

'위암……'

암이라는 단어만으로도 안미란의 표정이 굳었다.

"선생님."

환자가 윤도를 바라보았다.

"말씀하세요."

"솔직히 병원에서는 완치 가능성이 10%도 되지 않는다고 하던데 선생님의 장침으로는 얼마나 되나요?"

"그게 궁금하세요?"

"네."

"쓸모없는 질문입니다."

"네?"

"위암이라면 1기 생존율이 약 95%이고 4기 생존율이 약 15% 정도로 보고 있다죠? 하지만 1기라도 5%에 들면 죽고 4기라도 5%에 들어가면 살 거 아닙니까?"

"그, 그야……"

"10%를 100%처럼 생각하세요. 그럼 100% 완치될 겁니다."

"예⋯⋯."

"이 위장병의 시작은 간입니다. 간이 정상 위치에서 처짐으로써 위가 약해지는 바람에 위암의 빌미가 된 겁니다. 일단 간을 바로잡고 관련 혈자리를 치료하게 될 겁니다."

"예⋯⋯."

"마음 편하게 먹으세요."

첫 침은 비근 옆으로 들어갔다. 간을 바로잡기 위한 혈자리였다. 비근에 침을 넣으면 신장, 비장, 간장에 침감이 간다. 그 위치를 살짝 틀어 간장을 집중 공략하는 윤도였다.

두 번째는 암의 명혈 양문혈에 장침을 넣었다. 암 치료에서 윤도가 빼먹지 않는 혈자리로 후끈한 화침이었다. 두 개의 시침이 끝나자 장침이 본격 출격했다. 주요 혈자리는 신주혈, 비수혈, 신수혈, 차료혈, 중완혈, 곡지혈, 족삼리혈, 태계혈 등이었다. 전체 침감은 태계혈에서 조절했다.

단숨에 혈자리를 차지한 침술. 늘 그렇듯이 이번에도 안미란은 현기증이 일었다. 하지만 그 현기증은 이제 시작이었다. 윤도가 나노 침을 꺼내 든 것이다. 침 끝에 찍은 건 국산 한방약침액이었다. 이제 다양한 항암 약침을 경험한 윤도. 이번 환자에게는 특별히 우황과 산약쑥의 진액을 중심으로 구성했다. 첫 내원 때 시침한 약침 중에서 가장 효과가 뛰어났기 때문이다.

나노 침이 하얀 선율을 그리기 시작했다. 환자의 위암은 볼륨이 컸다. 위 안에 제대로 본진을 세운 것. 그나마 전이는 없는 경우라서 다행이었다.

이날 안미란 앞에서 윤도가 찌른 나노 침은 무려 22개였다. 침 하나하나마다 약침액의 농도가 조절되었고 암 덩어리의 깊이가 조절되었다. 고질병에 당연히 권장되는 장침 찌르기도 부담스러운 안미란. 윤도의 시침을 보며 몇 번이고 마음을 다졌다.

'안미란, 네가 갈 길이 여기야, 여기.'

땡!

그사이에 타이머가 울렸다.

"발침하세요."

윤도가 안미란의 등을 밀었다.

"선생님."

"어서요. 다음 환자 기다려요."

윤도는 안미란의 사정을 봐주지 않았다. 결국 안미란이 발침에 나섰다. 장침은 그럭저럭 뽑았지만 나노 침 앞에서는 두 손이 후들거렸다.

'오장직자침……'

윤도에게 들은 적이 있다. 오장육부의 환부를 직접 찌르는 침. 그야말로 신침으로 알고 있는 그 침을 안미란이 직접 뽑는 것이다.

'후우······.'

숨소리를 죽이며 하나하나 발침할 때마다 집중했다. 환자 앞에서는 초짜 표시를 내서는 안 된다. 마지막 나노 침을 뽑았을 때 안미란은 다리에 힘이 하나도 없었다.

"기분 어떠세요?"

때마침 윤도가 환자에게 물었다. 환자의 주의를 다른 곳으로 돌려주려는 배려였다.

"시원합니다. 가슴 속에 불덩이가 든 것 같더니 다 꺼진 기분이에요."

"탕제 잘 드시고 한 달 후에 한 번 더 나오세요. 마무리 잘하면 10%가 100%로 바뀌어 있을 겁니다."

"아이고, 고맙습니다, 선생님. 고맙습니다."

환자는 문을 나가면서도 인사를 잊지 않았다.

"대답 안 해요?"

윤도가 안미란을 바라보았다.

"네? 뭘요?"

"아까 물었잖아요? 기분 어떠냐고?"

"환자에게 물은 거 아니었어요?"

"두 사람 다에게 물은 거예요."

"저는······."

"나노 침, 별거 아니에요. 누군가 다른 사람이 하면 안 선생도 할 수 있는 거라고요."

"선생님……."

"나노 침, 조 과장님도 아시죠?"

"예."

"뭐라고 하세요?"

"솔직히 말하면 위험한 시침이라고……."

"양방의 위암 수술 아시죠? 혹시 참관해 본 적 있어요?"

"네. 우리 병원이 한방, 양방 협진병원이다 보니 양방 이해 차……."

"집도의가 뭐로 수술하던가요?"

"전기소작기……."

"그거 언제 도입되었는지 아세요?"

"1990대 중반이요."

"그거 도입될 때 양방 외과의도 난리가 났었어요. 소작기가 혈관에 닿아 터질 수도 있고 천공이 되면 복막염은 따놓은 당상이라고 말이에요. 하지만 지금은 거의 모든 외과의가 쓰고 있을걸요."

"……."

"루틴이나 클래식도 더 좋은 치료법이 나오면 깨부숴야 한다고 생각해요. 그렇지 않으면 어떻게 의술이 발전하겠어요."

"……."

"안 선생님."

"선생님을 보면 저는 참 엉터리라는 생각이 들어요. 광희에 합격했을 때만 해도 스스로를 대단한 능력자로 착각했는데……."

안미란의 목소리는 한없이 진솔했다.

"의술이 대단한 건 환자를 살리거나 치료할 때뿐입니다. 한의사나 의사 자체에 무게를 두시면 안 돼요."

"……."

"다음 환자 보러 갈까요? 정신 바짝 차리세요. 어느 순간에 시침을 맡길지 모르니……."

"선생님!"

앞서 나가는 윤도의 팔을 안미란이 잡았다.

"겁나요?"

"그게 아니고……."

"그럼 뭔데요?"

"저 여기서 수련의 할 수 있게 해주세요."

"예?"

뜻밖의 요청에 윤도가 고개를 들었다.

"진심이에요. 선생님 밑에서 일하고 싶어요."

"안 선생님, 선생님이 수련의 하는 곳은 광희한방대학병원이에요. 대한민국 최고의……."

"침술은 선생님이 최고잖아요?"

"하지만 여기로 오면 레지던트 과정도 인정받지 못하고……."

"상관없어요. 과장님하고도 상의 끝냈고요."

"……."

"부탁해요, 선생님. 저는 교과서에 나오는 거 말고 진짜 침술을 배우고 싶어요. 월급 같은 건 주지 않으셔도 괜찮아요."

안미란이 그 자리에 주저앉았다. 그녀의 승부수였다.

"안 선생님……."

"선생님 보면서 진짜 한의사가 뭔지, 진짜 침술이 뭔지 깨달았어요. 그러니 제발……."

"……."

"허락 안 하시면 일어나지 않을 거예요."

안미란은 완강했다. 그때 가운 주머니 속 윤도의 전화기가 진동했다. 발신자는 류수완이었다. 한두 번이 아니고 아홉 번이나 걸려온 전화이다. 상황도 모면할 겸 전화를 받았다. 거기서 흘러나온 소식은 안미란의 요청보다 더 큰 충격으로 윤도를 흔들었다. 그건 분명한 쓰나미이자 광속 폭발이었다.

"사장님, 방금 하신 그 말……."

윤도는 거의 휘청거리고 있었다.

―다시 말씀드려요?

류수완이 소리를 높여 말했다.

"예."

─그럼 잘 들으세요. FDA에서 우리 치매 신약에 대해 최종 승인이 떨어졌습니다. 동시에 북미 시장 진출도 가능하게 되었고요.

"……."

─기대하고 있기는 했지만 막상 승인이 떨어지니 얼떨떨합니다. 게다가 승인을 전제로 접촉하던 북미 시장의 마케팅 파트너에게서도 바로 연락이 왔습니다. 좋은 조건으로 검토하겠다고 합니다.

"……."

─채 선생님의 논문 힘이 컸습니다. 우리 제임스 이사가 알아본 바에 의하면 논문 심사가 최종까지 설전이었다고 하더군요. 대체의학을 제도권 '위'에 세우느냐 하는 점에 대해 일부 심사의원의 이의 제기가 컸다고 합니다. 하지만 대세가 기울다 보니 전원 찬성이 나왔고, 그 결과가 FDA의 승인에도 막대한 영향력을 준 것 같습니다. 결국 선생님의 쾌거입니다.

"……."

─듣고 계십니까?

"예."

─1년 사이 두 가지 신약… 기가 막힙니다. 우리 회사의 10년 공든 탑보다 선생님의 1년이 더 큰 성과를 가져왔습니다. 제가

정말 인생 귀인을 만난 듯합니다.

"귀인까지야······."

―암을 치료해 주고 사업까지 추진력을 더해주시니 어찌 아니겠습니까? 이 치매 신약, 제가 목숨 걸고 치매의 대표 약으로 자리 잡도록 마케팅을 펼치겠습니다. 그 길만이 선생님에게 보답하는 일일 테니까요.

"사장님······."

―진심으로 고맙습니다. 진심으로 축하드립니다.

"······."

―제가 지금 밀려드는 전화를 받느라 정신이 없습니다. 연결해야 할 비즈니스 건도 많으니 정신 좀 차린 후에 찾아뵙도록 하겠습니다.

류수완의 전화가 끊겼다. 그럼에도 윤도는 전화를 잡은 채 멈춰 있었다.

"선생님."

안미란의 목소리가 윤도를 흔들었다. 그제야 정신이 제자리로 돌아왔다.

치매 신약.

FDA 승인.

북미 시장 공략 개시.

뉴잉글랜드 저널 오브 메디슨에 이어 또 하나의 쾌거.

윤도는 온몸으로 퍼지는 벅찬 경련을 참느라 어쩔 줄을 몰랐다.

"선생님."

"으어어……."

"선생님……."

"으아아아!"

마침내 윤도가 무릎을 꿇은 채 두 팔을 벌리며 포효했다. 인기나 명예, 돈 때문이 아니었다. 스스로 옳다고 믿고 밀어붙인 일. 고통받는 환자들을 위해 조금이라도 기여하고자 했던 노력. 그 노력이 결실로 돌아온 게 기뻤다.

"원장님!"

소식을 듣고 달려온 진경태가 윤도를 향해 무너졌다.

"원장님……."

간호사들도 일동 발을 구르며 제 일처럼 기뻐했다. 북미 시장만 개척된다면 돈으로 쳐도 수백억의 수입은 보장될 일. 그러나 돈보다 많은 숫자의 보람이 윤도의 적혈구에 맺혀왔다.

"고맙습니다."

진경태의 손을 잡으며 일어섰다. 여기가 끝이 아니었다. 높은 곳에 선 자의 시야는 자꾸 높아지는 법. 감격을 내려놓고 시침에 나섰다.

다음 환자도 역시 위암 환자였다. 같은 질환을 시침하면 시간 절약이 되었다. 그렇기에 가능하면 유사 질환 환자를 모아 예약을 진행하고 있었다.

"안 선생님."

시침을 앞두고 그녀와 잠시 미팅을 가졌다.

"아까 저한테 침술을 배우고 싶다고 했죠?"

"선생님……."

"뭡니까? 질문하는 데 그런 표정은?"

"진짜 존경스러워서요. 치매 신약이 FDA의 승인을 받고 북미 시장에 진출할 거라면서……."

"그게 뭐요?"

"선생님은 그게 아무렇지도 않아요? 저 같으면 일이 손에 잡히지 않을 거 같아요."

"그럼 내가 한의사가 아니잖아요?"

"……!"

"실망이군요. 한의사는 어디에서나 한의사여야 합니다. 기쁘고 슬픈 일에 휘둘려서는 좋은 의술을 펼치지 못해요."

"선생님……."

"제 말이 틀렸나요?"

"죄송합니다. 제가 틀렸습니다."

안미란이 시선을 가다듬었다.

"질문, 다시 이어보죠. 혹시 나에게 배우고 싶은 게 오장직

자침입니까?"

윤도가 나노 침을 들어 보였다.

"아닙니다."

정신줄을 챙긴 안미란이 고개를 저었다.

"그럼 뭐죠?"

"선생님의 그런 태도, 침을 내 몸처럼 여기며 환자를 보살피는 한의 장침 일체의 정신을 배우고 싶습니다."

"그런 분이 신약에 들떠요?"

"제가 잠시 본분을 잊고……."

"그 말 믿어도 되죠?"

"예."

"좋아요. 그럼 이 환자, 어떻게 시침해야 할까요? 5분 드릴 테니까 생각해 보세요. 나도 안 선생님 질문에 답을 드리려면 객관적인 자료가 필요하거든요."

"테스트군요?"

"열정과 수준은 다른 문제입니다. 안 선생이 여기 오는 순간, 안 선생 역시 일침한의원의 한의사가 되는 거니까요."

윤도가 잘라 말했다. 지금까지와는 달리 무게가 실린 목소리였다.

5분.

혼자 남은 안미란은 생각에 잠겼다. 테스트에 대한 준비는 하고 있었다. 그녀 역시 안면을 내세워 거저먹으러 온 건 아니었다.

암.

여전히 심각했다. 특히 위암이 그랬다. 일반적인 통계에서 위암은 언제나 발생률의 머리를 차지한다. 남자만으로 국한하면 더욱 압도적이다.

이번 환자는 JJ병원에 예약한 상태에서 윤도에게 온 케이스였다. JJ병원에는 유명한 위암 집도의가 있다. 하지만 예약이 밀렸다. 그렇기에 이 환자는 4개월을 기다려야 했다.

사실 이 상황 하나만으로도 안미란에게는 기적에 속했다. 왜냐하면 현실과는 반대의 현상이기 때문이다.

수많은 암 환자의 주요 선택은 유명 대학병원이지 한의원이 아니었다. 근래 들어 한의원을 찾는 암 환자가 늘고 있다지만 양방에 비할 바가 아니었다. 그런데 윤도를 찾아오는 환자의 경우에는 내로라하는 양방 병원을 두고 윤도를 선택하고 있었다. 엄청난 반전이 아닐 수 없었다.

환자의 데이터를 보았다. 진단서와 영상 기록, 윤도의 진료 기록까지 미친 듯이 스캔했다. 이 환자는 다소 좋지 않았다. 양방에서 3기의 끝자락 판정을 받은 것 외에도 식도와 위가 만나는 접합부까지 문제가 있었다. 그렇다면 위의 기혈을 더 강하게 모아줄 필요가 있었다. 위를 구하려면 심장이나 소장의 활성이 필요했다. 무심하게도 5분은 10초처럼 빨리 지나갔다.

'벌써?'

시계를 바라볼 때 문이 열리며 윤도가 들어섰다. 정확히 5분 4초 만이었다.

"어때요?"

벽에 기댄 윤도가 물었다.

"저라면 목극토(木剋土)와 화생토(火生土)로 가겠습니다."

안미란이 대답했다.

윤도는 대꾸하지 않았다. 안미란의 시선만 겨눌 뿐이다.

"틀렸나요?"

"본인이 내린 결정이라면 반문하면 안 됩니다. 확신도 서지 않은 진단으로 환자를 치료할 겁니까?"

"……."

"혈자리는요?"

"환자가 음식을 거의 못 먹는 상태라 하니 위정격을 써서 기운을 회복시킨 후에 목극토의 원리로 위의 목혈 함곡혈과 담의 목혈 임읍혈을 보하고 중완에서 상완으로 투침하겠습니다. 이어 비수혈, 위수혈, 위수혈에 어제혈과 내관혈을 취혈하고 양문혈로 마무리합니다."

"화생토는요?"

"어제혈이 폐를 다스리니 화(火)에 해당합니다."

"내 말은 어떻게 하느냐를 묻고 있는 겁니다."

"화생토라지만 화가 지나치면 해가 됩니다. 위장, 즉 토(土)의 기를 기준으로 운행해야 합니다."

"해보세요!"

윤도가 장침 통을 넘겨주었다. 그야말로 전격적이었다.

"선생님."

놀란 안미란이 고개를 들었다.

"여기 아무도 없습니다. 이번 환자를 살릴 수 있는 사람은 지구상에 안 선생님밖에 없다고 생각하세요. 침을 놓을 수 있는 면허 소유자는 지구상에 단 한 사람, 안미란."

"……."

"무슨 말인지 모르겠습니까?"

"알겠습니다만……."

"응급상황입니다. 머리로 헛생각할 시간에 환자에게 뛰세요."

윤도가 침구실을 가리켰다.

'후우!'

환자 앞에 선 안미란이 소리 없이 날숨을 쉬었다. 그녀의 몸은 벌써 땀으로 젖은 후였다.

다르륵!

그녀의 손에 들린 장침 통이 미세하게 떨리고 있었다.

암 환자.

안미란이라고 처음은 아니다. 아니, 어쩌면 윤도보다 더 많은 암 환자를 봤을지도 모른다. 다만 다른 점이 있었으니 그녀에게 주어진 역할은 '전적인 책임'이 아니라 '보조'였다. 조수 황이나 마혁 등의 스태프 지시에 따라 보조적인 진료만 하면 그만이었다.

하지만 이 중차대한 암 환자를 앞에 두고 그녀는 혼자였다. 말하자면 중대한 수술 방에 보조가 아니라 메인 집도의로 들어선 셈이다. 떨림은 척추를 타고 발목까지 내려갔다. 그렇다고 포기할 수는 없었다. 윤도의 테스트. 시침에 성공해도 수락의 말이 떨어질까 말까 한 판에 포기하면······.

'안미란······.'

그녀가 마른침을 넘겼다.

'이건 언젠가 올 날이었어.'

자기 최면을 걸었다.

'언젠가는 모든 진료를 네 책임하에 하게 될 거야. 그날이 조금 일찍 온 것뿐이라고. 너도 그날을 원했잖아? 맨날 따까리만 한다고 징징거리던 날들 생각 안 나? 침착해. 따지고 보면 경험도 충분해. 자, 그럼 뭐부터 해야 하지?'

안미란은 또 다른 그녀에게 말을 걸었다. 진료의 시작. 그건 당연히 진맥이었다. 환자의 맥을 잡았다. 차분하게 한 번 더 잡았다. 그런 다음 혈자리를 파악했다. 다행히 이 환자의 혈자리 분포는 정상에 속했다.

'후우!'

숨을 몰아쉬고 침을 뽑았다.

바로 그때.

"선생님이 침을 놓는 겁니까?"

느닷없이 환자가 물었다.

"이건 기본 침입니다. 중요한 마무리는 원장님이 하실 거예요."

안미란의 첫 침이 들어갔다. 환자에게 휘둘리지 않은 것이다. 머릿속이 하얀 상태에서 밀어 넣은 침이 제대로 들어갔다. 첫 단추가 중요했다. 첫 방을 꽂으니 더는 두렵지 않았다. 안미란의 손이 혈자리를 찾아 움직였다. 하나하나 더할수록 손길도 차분해졌다. 마지막 장침을 넣었을 때 윤도가 들어왔다. 안미란은 알아서 자리를 비켜주었다.

"어떠세요?"

윤도가 환자에게 물었다.

"아직은 잘 모르겠습니다."

환자가 대답했다. 50대의 중년 남자였다. 한참 가장의 책무가 무거워지는 나이이다. 그가 윤도를 택한 이유가 하나 더 있었다. 바로 콧줄과 심지였다.

그의 남동생이 3년 전에 위암 수술을 받았다. 가장 불편한 게 콧줄과 심지였다. 환자는 스스로 예민한 걸 알기에 윤도 쪽으로 방향을 돌렸다. 물론 그 선택에 대한 우려도 조금은 가지고 있었다. 인간이기 때문이다.

"저번에 말씀드렸다시피 제가 4기에 가까운 3기예요. 게다가 진행성 위암이라서 병원에서는 개복 수술을 계획했는데……."

─침술로 정말 암 치료가 될까요?

확인 질문이 나왔다.

"진행성에 말기라고 해서 희망이 없는 건 아닙니다."

윤도가 답했다. 대답하는 동안 윤도의 손이 슬쩍 장침 두 개를 바로잡았다.

"그렇죠?"

"그럼요. 인간의 기혈은 더하기 개념이 아니거든요. 1+1=2가 아니라는 거죠. 선생님과 제가 신뢰를 형성하면 1+1=100이 되기도 합니다."

"100……."

"이제 그걸 만들어가야죠."

윤도가 자신의 장침을 꺼냈다. 안미란이 시침한 부위는 그냥 두고 두 개의 혈자리에 침을 넣었다. 대장수혈과 천추혈이었으니 대장의 수혈과 모혈이었다.

느닷없이 왜 대장이었을까?

윤도의 진단이 그랬다. 환자의 위암 시작은 대장이었다. 그렇기에 대장에 대한 보를 더했다. 지켜보는 안미란은 아차 싶었다. 대장은 폐에 속한다. 폐를 짚었다면 마땅히 대장을 체크하는 게 옳았다.

'이런 멍청이⋯⋯.'

안미란이 자책하는 사이 윤도의 나노 장침이 출격했다. 위암의 본진과 식도와 위의 접합 부위로 나노 침이 들어갔다. 이 환자의 경우에도 약침은 영약의 힘을 빌리지 않았다. 윤도의 시침은 피부를 어루만지듯 편안하게 들어갔다. 안미란이 보기에는 그랬다.

"선생님."

타이머를 세팅하고 복도로 나오자 안미란이 울상이 되었다.

"할 말 있어요?"

"대장을 생각하지 못했습니다."

"처음부터 다 잘하면 누구에게 배울 이유가 없지요."

"자침은⋯⋯."

안미란이 윤도를 바라보았다. 잔뜩 긴장한 표정이다.

"3분의 1은 합격이고 3분의 2는 불합격입니다."

"너무 얕게 들어갔군요?"

"그 반대입니다."

"그럼 깊게?"

"익숙하지 않을 때는 차라리 얕게 넣으세요. 효과가 부족한 건 바로잡을 수 있지만 깊이 들어가 부작용을 만들면 바로잡기 어려우니까요."

"……"

"쉽지 않죠?"

"예. 저… 몇 년 더 배운 후에 선생님에게 다시 부탁드리겠습니다."

안미란이 돌아섰다. 그녀가 보기에 윤도는 너무 높은 산이었다. 아직은 그 산에 오를 준비가 되지 않았다는 걸 깨달은 것이다.

"안 선생님."

"예?"

안미란이 돌아보았다.

"자신에 대한 책망이죠?"

"예, 선생님께 오기에는 아직 멀었네요."

"그런 자세라면 저하고 같이 일해도 됩니다."

"네?"

"나도 이제 사람이 필요한데 안 선생 같은 열정을 가진 사람을 어디서 또 찾겠습니까? 부족한 건 서로 상의하며 발전해 가면 됩니다."

"선생님!"

"이제 원장님이라고 부르세요."

"으악!"

안미란이 비명을 질렀다. 행복해 나온 비명이다.

"쉬잇, 한의원에서는 정숙. 모르세요?"

"네, 네, 원장님."

"그럼 가서 발침하세요. 광희한방병원 정리되는 대로 우리 한의원에 오셔도 됩니다. 진료실은 그 안에 마련해 놓겠습니다."

"알겠습니다, 원장님."

안미란은 눈물을 감추며 침구실로 뛰었다.

4. 거침없이, 거침없이

오후 예약 진료가 끝났다. 그사이 강외제약의 주식은 상한 가를 치고 있었다. 하지만 거래량은 별로 없었다. 최고의 재료를 공시로 내놓은 강외제약. 바보가 아닌 다음에야 매물을 내 놓을 리 없었다. 증권가에서는 기록적인 10연상도 가능할 것으로 보는 시각까지 나왔다.

"정 실장님, 잠깐 제 방으로 오시겠어요?"

윤도가 가운 단추를 풀며 인터폰에 대고 말했다.

"부르셨어요?"

정나현이 바로 달려왔다.

"우리 오늘도 축하 파티 한번 해야 하지 않겠어요?"

"좋죠."

"장소 섭외하세요. 분위기 좋은 데로."

"그런데……."

윤도의 지시를 들은 정나현이 곤란해하는 표정을 지었다.

"왜요? 대기 환자 아직 남았어요?"

"환자는 아닌데 대기하고 있는 분이 계세요."

"예?"

"류수완 사장님이… 실은 아까 오셨는데 진료를 방해하고 싶지 않다고 끝날 때까지 기다린다고 하셔서……."

"아, 그래도 말은 해주셨어야죠. 빨리 모시세요."

"네."

정나현이 고개를 숙이고 물러났다.

"채 선생님."

잠시 후에 류수완이 들어섰다. 그의 브레인 차 이사와 함께였다.

"오시면 오신다고 말씀을 하시지 그랬어요?"

윤도가 자리를 권했다.

"세계적인 의학자의 진료를 방해할 수 있나요?"

류수완이 웃으며 소파에 앉았다.

"또 그런 말씀을……."

"이럴 게 아니라 오늘은 나가시죠? 실은 납치하려고 힘 좋은 차 이사까지 대동해 왔습니다."

"납치요?"

"이번 FDA 쾌거야 선생님이 핵심이지만 회사에도 나름 기여한 인력이 있거든요. 해서 같이 자축하는 자리에 마땅히 선생님을 모셔야 할 거 같아서……."

"그러시군요."

"부탁드립니다. 선생님 빼고 우리만 축배를 들어서야 모양이 나겠습니까?"

"그럼 진 한약사님 자리도 만드셔야 합니다."

"여부가 있겠습니까? 뭐든 말씀만 하십시오."

류수완의 옆에 있던 차 이사가 답했다.

"옆방이 우리 연구실인 건 아시죠? 죄송하지만 이사님이 청하시면 모양이 더 날 것 같습니다만."

윤도가 복도를 가리켰다. 이번 신약에도 진경태의 역할은 컸다. 그걸 잊을 리 없는 윤도였다.

짝짝짝!

기립 박수가 울려 퍼졌다. 장소는 해물찜집이었다. 특급 호텔을 잡아도 되련만 류수완은 실속을 택했다. FDA 출신의 제임스 이사도 자리를 함께하고 있었다. 그와 악수를 하고 상석으로 나갔다. 류수완의 요청 때문이다.

"그럼 우리 제약사에 새 역사를 쓰신 채윤도 원장님이 한 말씀 하시겠습니다."

류수완이 박수로 축사를 강요했다.

"이번 쾌거는 저 개인의 힘이 아니라 여기 계신 분들이 자기 일처럼 도와주신 덕분이라는 거 잘 알고 있습니다. 기왕에 성취한 것이니 앞으로도 함께 중지를 모아 세계 최고의 신약으로 발돋움할 수 있도록 동반자의 길을 갔으면 합니다. 이자리를 빌려 여러분의 도움에 다시 한번 감사드립니다."

짝짝!

다시 박수가 터졌다. 박수 소리와 함께 착석했다. 음식이 나오기 시작했다. 메뉴는 해물찜, 조개찜, 낙지찜, 아구찜 등이었다. 대신 안주의 제한은 없었다. 대식가에 속하는 직원이라면 혼자 서너 접시를 시키는 것도 허락되었다.

"건배사도 부탁드립니다."

류수완이 다시 윤도의 등을 밀었다.

"그건 사장님이 하셔야죠."

윤도가 사양했다. 이 자리는 강외제약 주최였다. 그러니 매사에 나설 수 없었다.

"그럼 채윤도 원장님의 후광을 입고 제가 건배사를 하겠습니다. 다들 잔을 채워주십시오. 술을 못 마시는 직원들은 물이나 음료를 채우세요."

류수완이 주의를 환기시켰다. 직원과 연구원들이 잔을 준비하자 그가 사자후를 토했다.

"동방의 개척자 강외제약의 북미 시장 진출을 위하여!"

"위하여!"

"세계 제약 시장 장악을 위하여!"

"위하여!"

"채윤도 선생님의 건승을 위하여!"

"위하여!"

건배는 세 번 제창했다. 류수완과 잔을 부딪친 윤도가 술잔을 비웠다. 진경태도 그랬다.

"자자, 마음껏들 드세요. 식체, 주체 아무것도 염려치 마십시오. 여기 계신 분이 누구입니까? 글로벌 신침명의 채윤도 선생님입니다. 진료비가 비싸다지만 여러분에게 침 한 대 아끼시겠습니까?"

류수완이 직원들에게 호령했다. 그렇게 회식이 시작되었다.

"채 선생님, 제가 한 잔 드리고 싶습니다."

바로 제임스가 일어섰다. 윤도가 그 잔을 받았다.

"대단합니다. 넘버 원, 진정한 넘버 원입니다."

어눌하지만 진심 어린 말이다.

"고맙습니다."

"솔까 저는 치매 신약 실험 데이터를 받았을 땐 사기라고 생각했습니다. 그래서 실험 과정에 직접 참여했죠. 검증하면서 세 번 쓰러졌습니다."

"제임스 이사에게 누가 '솔까'라는 말 가르쳤어?"

듣고 있던 류수완이 직원들에게 물었다. 그러자 맨 끝의 여자 연구원이 순순히 자수했다.

"아, 역시 박 연구원이었구만. 비속어는 천천히 가르치라니까."

"이사님이 비속어는 한 번에 알아들으셔서요."

여자 연구원이 귀여운 항변을 했다.

"진짜 그렇습니까?"

류수완이 제임스를 돌아보았다.

"비속어? 솔까, 개사기, 폭망, 병맛, 열폭, 쩐다, 존버… 이거 실화냐?"

"아하핫!"

제임스가 익살을 떨자 좌중이 배를 잡고 웃었다.

"저보다도 더 잘 아시는군요."

진경태도 인정에 한 표를 보탰다.

"아무튼 정말 대단합니다. 진심입니다."

제임스가 한 번 더 쐐기를 박았다. 잔이 돌면서 FDA 승인에 기여한 직원들이 차례로 소개되었다. 그 시작은 진경태가 먼저였다. 그가 겸손하게 자기소개를 할 때 윤도는 뜨거운 박수로 화답했다. 진경태는 산약초 같은 사람. 은은하면서도 강력한 윤도의 버팀목이었다.

짝짝, 짝짝!

연구원들의 소개가 이어지면서 박수 소리가 조금씩 잦아들었다.

"자, 보아하니 기분도 좋아진 것 같고… 이쯤에서 사장님의 엔돌핀 무한 분비 생성제 투입이 있겠습니다. 사장님, 일어나시죠?"

자리에서 일어난 차 이사가 류수완에게 말했다.

"엔돌핀 무한 분비라… 부담스러운데?"

류수완이 무릎을 세우며 뒷말을 이었다.

"무한 분비까지는 모르겠고… 이 자리를 빌려 여러분에게 보너스를 약속합니다. 직급과 기여도에 따라 500만 원에서 3,000만 원까지 지급하고 우리 사주도 배정하겠습니다."

"와아아!"

귀를 세우던 직원들이 일대 환호를 했다.

"그럼 남은 시간 즐겁게 즐기고 다들 내일 보자고."

류수완은 윤도를 앞세워 자리를 옮겼다. 나가는 사장과 윤도를 향해 직원들의 연호가 쏟아졌다.

자리를 옮겼다. 한방차 전문점이다. 진경태와 제임스, 차 이사 등이 자리를 함께했다. 유자차와 백년초차 향이 좋았다.

"좋네요. 채 선생님 덕분에 요즘 살맛이 납니다."

류수완이 운을 떼고 나왔다.

"맞습니다. 다른 제약사들, 심지어 대형 제약사들까지 우리가 부러워서 난리들입니다. 지난번에 알레르기비염 약을 개발했을 때는 소가 뒷걸음치다 파리를 잡았나 싶은 시선들이더니 이번에 FDA 승인에 북미 시장 진출까지 한다고 하니 완전 패닉이죠."

차 이사가 거들고 나섰다.

"우리 회사 규모가 작다고 깔본 거지. 하지만 세상은 규모나 자본만으로 결정되는 아니야. 세계 초일류 기업 전부 처음에는 구멍가게로 시작했다고."

"맞습니다."

"채 선생님."

류수완이 윤도를 바라보았다.

"말씀하십시오."

"실은 따로 모신 이유가 있습니다."

"……?"

"미국 한번 안 가시겠습니까?"

"미국이요?"

"뉴잉글랜드 저널 오브 메디슨!"

"⋯⋯?"

"저명한 그 학술지가 매사추세츠에서 발행되고 있는 건 아시죠?"

"예."

"제 생각인데 선생님이 매사추세츠와 전생 인연이라도 있는 것 같습니다. 우리 제임스 이사가 매사추세츠 병원 쪽에서 오퍼를 하나 따왔습니다."

"오퍼라고요?"

"매사추세츠라면 미국 내 병원에서 최상위권으로 평가받는다는 건 알고 계시겠죠? 존스홉킨스, 메이요에 이어⋯⋯."

"말은 많이 들었습니다."

"그쪽 신경정신과 쪽에서 선생님 논문과 더불어 치매 신약에 대한 관심을 보였다고 합니다. 잘하면 우리 신약이 자리를 잡는 데 절호의 찬스가 될 수 있습니다."

"신약을 받아주겠다는 겁니까?"

"여러 이야기를 하는 중에 선생님 말씀이 나왔습니다."

"제 말이라면⋯⋯?"

"백문이 불여일견, 저들의 사고방식 아닙니까?"

"⋯⋯?"

"제 생각인데 선생님이 직접 날아가 침술과 더불어 우리 신

약의 효과를 보여주면 최상의 결과를 얻을 것으로 보입니다
만."

"저들의 요구입니까?"

"아닙니다. 저와 제임스가 역으로 제의했습니다. 혈자리의
신비라는 것, 이론상의 허구가 아니며 실제이다. 그것은 이미
뉴잉글랜드 저널 오브 메디슨에서 증명했지만 당신들 눈앞에
서도 증명이 가능하다."

"……!"

"보여주면 우리 신약을 채택해 주겠느냐?"

"뭐라고 합니까?"

"확답에 가까운 OK가 들어왔습니다."

"……!"

류수완은 말하는 동안에도 흥분을 떨치지 못했다. 매사추
세츠 병원이라면 세계 최고 수준에 속한다. 그런 병원에서 신
약을 채택해 주면 다른 하위 병원들 공략 길은 저절로 열린
다. 그걸 발판으로 존스홉킨스나 메이요병원까지 개척한다면
신약은 지구 대표 치매 약으로 빠르게 자리 잡을 수 있다. 제
네릭(복제 약)이 아닌 오리지널 약의 판매 루트로 환상이 실현
될 수 있었다.

"어떻습니까? 일정이 바쁘시겠지만 양방 본토 의학자들 한
번 뒤집어보지 않겠습니까?"

본토 의학자를 뒤집어?

윤도의 피가 확 반응했다.

"사장님……."

"단순히 약을 팔자는 게 아닙니다. 이거야말로 신약 시장의 본진 폭격입니다. 기왕 북미 시장에 진출하는 거, 단순히 명분만 얻는 게 아니라 그쪽 시장을 장악해야 하지 않겠습니까?"

류수완은 공격적이다. 수비 따위는 안중에도 없었다. 동시에 설레고 있었다. 그 설렘은 윤도에게도 고스란히 전이되었다.

미국!

현대 의학의 본산이다. 신약의 FDA 승인은 쾌거였지만 그것만으로는 북미 시장이 저절로 열리지 않는다. 그 시장에는 이미 수많은 오리지널과 제네릭 치매 약이 자리 잡고 있었다.

"매사추세츠라……."

"선생님……."

"가죠. 뉴잉글랜드 저널 오브 메디슨사 구경도 할 겸."

윤도의 답이 떨어졌다.

"선생님!"

흥분한 류수완이 주먹을 불끈 쥐며 소리쳤다.

"고맙습니다, 채 선생님"

제임스도 흥분을 감추지 못했다.

"저들이 요청한 날짜가 있습니까?"

윤도가 찻잔을 놓으며 물었다.

"아닙니다. 실은 선생님의 도쿄대첩과 베이징대첩을 떡밥으로 깔아놓고 살짝 튕기고 있는 차입니다. 이제 선생님의 허락이 떨어졌으니 일정을 조율해 보겠습니다."

"사장님도 대단하시네요."

윤도가 웃었다.

"우리 신약은 제약 시장의 신인입니다. 이게 대표 약으로 등극하려면 보통 방법의 비즈니스로는 어렵거든요."

"매사추세츠에서 시범만 보이면 시장 장악에 자신 있는 겁니까?"

"이 신약에 사운을 걸 생각입니다. 지켜봐 주십시오. 선생님의 땀과 노력의 결실을 매출로 보여 드리겠습니다."

류수완은 깍듯이 고개를 숙였다.

"사장님이 생각하는 스케줄은 언제입니까? 저도 예약 환자 정리를 해야 하거든요."

"시장에도 여세라는 게 있습니다. 선생님의 논문 게재 열풍과 FDA 승인이 가시기 전이 좋습니다. 일주일 후쯤이 어떻겠습니까?"

일주일.

류수완은 주저가 없었다.

"그런데… 지난번 알레르기비염 신약 때 독일 바이마크사도 한번 가기로 하지 않았습니까?"

"그쪽도 성화입니다만 이쪽이 더 중요합니다. 선생님이 미국 땅을 한번 흔들어주신다면 대리 만족이 될 걸로 봅니다. 그런 다음 천천히 가면 되겠지요."

"그렇군요."

윤도가 고개를 끄덕였다.

"그럼 이번 쾌거에 대한 축하연은 매사추세츠에서 열기로 하죠. 병원 일이 끝난 다음에 성대하게."

류수완은 독립기념문이라도 선언하듯 달아올라 있었다. 다섯 남자의 몸도 전부 짜릿함 속에서 헤어나오지 못했다. 모두가 개발에 크게 일조한 사람들. 그 결실을 위한 미국행 음모는 그렇게 진행되었다.

'도쿄…….'

집으로 돌아온 윤도는 창밖을 내다보며 생각에 잠겼다. 집에서도 한바탕 축하 폭풍이 일었다. 흥분한 아버지는 일손을 멈추고 달려왔다. 일벌레인 아버지였으니 얼마나 좋아하는 것인지 짐작이 갔다.

도쿄는 방사능이었다. 윤도는 그 불손한 방사능을 걷어냈다. 그다음은 베이징이었다. 숨이 넘어가는 어린아이들을 살렸다. 그리고 이제 미국의 기회가 코앞에 놓였다.

'치매……'

미국보다 치매를 생각했다. 치매는 인간의 품격을 무너뜨리는 최악의 질병이다. 암도 무섭지만 치매 역시 같은 선상에 있다. 윤도의 무게감은 치매 쪽으로 기울었다. 둘 중 하나를 잡는다면 치매를 잡고 싶은 심정이다.

담담하게 산해경을 넘겼다. 윤도에게는 또 하나의 우주인 산해경. 그것은 단지 영약을 내주는 신비한 약재 창고가 아니었다. 그것으로 하여 인간을 돌아보는 성찰을 하게 되는 윤도였다. 처음에는 질병 이름에 질리면 산해경을 생각했다. 그러나 이제는 산해경이 아니더라도 두려운 병이 없었다.

치매…….

논문 과정과 집중 치료 과정들이 영상처럼 스쳐 갔다. 어떻게 보면 류수완의 제의는 윤도가 먼저 요청하고 싶은 일이기도 했다.

현대 의학의 본산 미국.

그 본진에 먹이는 장침 한 방.

생각만으로도 짜릿한 전율이 느껴졌다. 도쿄, 베이징과는 느낌이 또 달랐다.

'까짓것.'

윤도 입가에 미소가 폭발했다. 그 미소의 실체는 자신감이었다.

                    *   *   *

[이것이 리얼 명의.]

다음 날, TBS 방송의 저녁 8시 메인 뉴스에 윤도 특집 코너가 나갔다. 이번에는 신약 개발을 포인트로 삼았다. 알레르기 비염과 아토피 신약, 거기에 이번에 개가를 올린 치매 신약을 묶었다.

오리지널 약이 많지 않은 실정에서 단비 같은 뉴스라고 판단한 것이다.

앵커는 국내 신약 전문가 둘을 초대해 대담을 나누었다. 그들은 오리지널 신약 시장이 얼마나 중요한지 역설하고 윤도의 개가가 갖는 가치에 대해 견해를 밝혔다.

"치매 신약의 FDA 승인과 북미 시장 진출이 갖는 의미는 무엇입니까?"

앵커가 물었다.

"신약은 한마디로 보물섬이죠. 어떤 상자를 열든 굉장한 보물이 들어 있습니다. 다만 보물의 양이 문제가 될 뿐입니다."

"이번에 FDA 승인을 받은 신약은 한방 신약으로 알려져 있습니다. 거기에 대한 평가는 어떻습니까?"

"한방과 식물 자원은 세계 신약 시장이 주목하는 분야입니다. 한 한의학자가 두 개의 의미 있는 신약을 개발했다는 것은 우리 의학, 의약계에 던지는 의미심장한 가능성입니다. 신약 개발에 있어 황무지나 다름없는 국내에 이정표가 될 수 있는 사건입니다."

"그렇다면 과연 이번 신약이 오리지널의 본고장인 북미 시장에서도 유의미한 결과를 낼 수 있을까요?"

"치매 약은 이미 다국적 제약사에서 장악하고 있는 분야입니다. 시장에서의 반응은 쉽지 않을 수 있지만 FDA 심사위원들이 만장일치로 결론을 냈다는 것만 해도 높게 평가받아야 할 쾌거입니다. 여기에 많은 국가의 평균 수명이 훌쩍 높아지고 각종 성인병으로 인한 치매 발병률이 높아지면서 더욱 효과적인 치매 신약의 등장이 절실한 시점과도 일치하는 성과입니다."

"말씀 고맙습니다. 그럼 우리 성수혁 기자가 이 두 신약에 대한 여러 팩트 점검을 보여 드리겠습니다. 우리 한의사가 만든 치매 신약, 과연 세계 신약 시장에서는 어느 정도 가치로 평가될까요?"

성수혁이 등장했다. 그는 다양한 각도에서 윤도의 신약을 조명했다. 이제는 윤도와 친분이 깊은 성수혁. 그러나 보도에 호의는 없었다. 그는 오로지 팩트만으로 신약을 분석했다. 그럼에도 불구하고 신약의 가치는 매우 높았다.

중간에 맘 카페의 어머니들 인터뷰가 나왔다. 알레르기비염과 아토피 피부염에 대한 그들의 평가였다. 두세 군데 맘 카페에서 나온 어머니들은 윤도의 첫 신약에 굉장한 만족을 표했다. 중요한 건 그들이 윤도를 만난 적이 없다는 사실이다. 그들은 아이를 안고 윤도의 한의원을 찾은 어머니들이 아니었다.

팩트 체크의 마무리는 미국의 생약학자와 한국 식약청의 전문가 인터뷰로 마무리되었다. 그들은 중립적인 입장에서 한의학이 이루어낸 세계적인 신약에 대해 기대감을 피력했다.

"성수혁 기자, 수고하셨습니다. 인터뷰가 아직 하나 남았죠?"

앵커가 물었다.

"그렇습니다. 이번에는 조금 특별한 인터뷰입니다."

"성수혁 기자가 특별하다니 기대가 되는데요? 노벨화학상 수상자와의 시간이라도 마련되었습니까?"

"어쩌면 미래의 노벨화학상을 예약한 분인지도 모르죠. 오늘 이슈의 주인공 채윤도 한의사께서 나와 있습니다. 스튜디오로 모시겠습니다."

성수혁이 스튜디오 밖을 보며 말했다. 윤도가 들어섰다. 단정한 한의사 가운 차림이다.

성수혁 기자.

원래는 윤도를 명의열전 특집에 내세울 생각이었다. 취재도 그쪽 중심으로 하고 있었다. 하지만 뉴잉글랜드 저널 오브 메디슨과 FDA의 신약 승인으로 궤도를 수정했다. 이제는 명의열전에 어울리지 않았다. 대한민국을 대표하는 사람과도 같으니 대한민국 대표 뉴스 8시 뉴스 시간에 소개하리라 마음먹은 것이다. 그에 대한 기획안을 올리자 편성국장과 보도국장이 쌍수를 들고 환영했다. 앵커 역시 두말하면 잔소리였다.

"먼저 이번 쾌거를 축하드립니다."

성수혁이 즉석 인터뷰를 시작했다.

"감사합니다."

"소감부터 한 말씀 해주시죠. 현역 한의사가 세계적인 신약을 만든 건 흔하지 않은 일일 텐데요?"

"국민 여러분의 성원 덕분에 이룬 성과 같습니다. 이 일이 앞으로 우리 한의사들이 생약을 바탕으로 하는 신약을 개발하는 데 좋은 계기가 되기를 바랍니다."

"방금 팩트 체크에서도 가능성에 대해 짚어보았는데 단도직입적으로 북미 시장 개척, 자신 있으십니까? 약효로서 말입니다."

"잘되리라고 봅니다. 임상 실험에서도 분명하게 증명된 일이니까요."

"매사추세츠 병원의 초대를 받았다고 들었습니다만, 신약과 관련된 일입니까?"

"그렇습니다. 아무래도 그쪽 의사들에게는 신약의 특징인 혈자리와 특이 반응을 하는 약리 작용의 기전이 생소한 모양입니다. 서양 속담에 'Seeing is Believing'이라는 말이 있듯이 직접 시연을 통해 원리를 보여주면 이해가 빠를 것 같아서 추진하고 있습니다."

"잘하면 한의학이 새로이 평가받을 수도 있는 일이로군요?"

"그렇게 거창하게는 생각하지 않고요, 의학자로서 좋은 신약을 만들어 질병 퇴치에 기여하는 것으로 보람을 삼을 뿐입니다."

"100% 한의학에 기반한 혈자리 특성의 치매 신약, 세계시장에서 좋은 평가를 받기 바랍니다."

"고맙습니다."

윤도의 인사와 함께 인터뷰가 끝났다.

"채 선생님!"

스튜디오를 나오자 성수혁이 다가왔다.

"어떠세요, 뉴스룸 스튜디오?"

"처음 장침 실습할 때보다 더 떨리던데요?"

"에이, 무슨 말씀을. 저보다 더 노련하게 말하시던데……"

"그랬습니까?"

"그럼요. 여기 나와서 말 잘하는 사람은 대개 연예인 아니면 정치가들인데 선생님도 혹시 전생에 정치가 아니었을까요?"

"하핫, 완전 생소한데요?"

"하지만 앞으로는 한 번쯤 생각해 보셔야 할 겁니다."

"정치를요?"

"아직 모르시죠?"

성수혁의 얼굴이 진지하게 변했다.

"뭘 말이죠?"

"사실 지금 정가에서 선생님 몸값이 천정부지로 치솟고 있습니다."

"제가요? 왜요?"

"아, 정말… 요즘 정치판이 여야 할 것 없이 국민들에게 신물이나 선사하고 있지 않습니까? 선심성 보조금 남발에 포퓰리즘의 극단. 여야를 막론하고 정치 신뢰에 대한 평가는 바닥 중에서도 개바닥입니다. 그러니 선생님처럼 참신하고 국민적 신망을 받는 사람을 데려다 앞줄에 세워놓고 눈 가리고 아웅하려는 게 또 정치인들의 작태거든요."

"대체 무슨 말씀인지……."

"제 말은 여야 양당에서 서로 선생님을 모셔가려고 입장 정리 중이다 이겁니다. 모르긴 해도 전국구 1, 2번 자리는 내줄

태세던데요?"

"하핫, 저는 정치 따위는 관심 없습니다. 침놓을 시간도 부족하거든요."

"왜요? 선생님이 한 말 중에 이런 게 있던데요? 명의는 병을 고치지만 신의는 나라를 고친다."

"그런 건 또 언제 기록하셨대요?"

"선생님 특집극 꾸미려고 바닥부터 쫙 훑지 않았습니까? 저 갈매도도 두 번이나 다녀왔습니다."

"……?"

"차명균 선장님, 이장님, 어촌 계장님에 보건지소 간호사까지. 계속해 봐요?"

"아무튼 정치는 관심 없습니다."

윤도가 손사래를 쳤다.

"예, 그 마음 변치 마십시오. 제가 볼 때도 정치는 똥물입니다. 아예 작심한 정치꾼들 외에는 누구든 거기 들어가면 똥물 뒤집어쓰는 겁니다."

"명심하죠."

"미국은 언제 가시는 겁니까?"

"왜요? 따라오게요?"

"안 됩니까? 저 이번 특종 쏘는 대가로 선생님이 미국 가시면 출장 보내준다고 했는데……."

"그래요?"

"하핫, 실은 그쪽 지역 관청과 박물관 등에 독도 지도 표기가 문제가 되고 있다는 제보가 들어와서요. 그 취재를 겸해 겸사겸사……."

"뭐 그러시다면……."

"걱정 마십시오. 절대 선생님 불편하게 안 합니다. 스케줄 자료는 제가 강외제약에 연락해서 받겠습니다. 오늘 귀한 시간 내주셔서 고맙습니다."

"저도 고맙습니다. 깜냥도 안 되는 사람을 초대해 주셔서."

"아, 주차장 가보세요. 기다리는 사람이 있을 겁니다."

"저를요? 누가요?"

"가보시면 압니다."

성수혁이 손을 흔들며 멀어졌다.

방송국.

누가 기다리는 걸까? 부용은 지금 한국에 없었다. 그건 축하 전화를 받아서 알고 있었다. 그녀는 지금 베이징 공연을 진두지휘 중이다. 어렵게 성사된 중국 공연이다 보니 안달이 나는 모양이다.

의문은 주차장으로 나오고서야 풀렸다. 기다리는 사람은 톱스타 장현서였다.

"선생님!"

그녀가 한달음에 달려와 인사했다.

"뉴스 봤어요. 짱이에요."

그녀가 엄지와 검지로 하트를 만들어 보였다.

"현서 씨가 웬일로?"

"타세요. 실은 막중 임무를 부여받았거든요."

"막중 임무요?"

"대표님이 선생님 찾아뵈라고 하셨어요. 연습실에 응급환자
가 생겨서요."

'응급환자?'

그 말에 윤도의 촉수가 전격 반응했다. 부용과의 친분이 아
니더라도 계약의 옵션이다.

─SN 연예인들을 우선적으로 진료해 줄 것.

계약 조항을 잊을 리 없는 윤도가 장현서의 차량에 올랐다.
부용이 있고 없고가 문제될 일이 아니었다.

"안녕하세요?"

운전석에 있던 매니저도 나와서 인사를 해왔다. 그 또한 갈
매도에서 윤도의 도움을 받은 인연이 있었다.

"그런데 나 차 가지고 왔는데……."

윤도가 어깨를 으쓱해 보였다.

"그럼 오빠는 먼저 가요. 나는 선생님 차로 같이 갈게요."

장현서가 멋대로 교통정리에 나섰다.

"인터넷 기사 보셨어요? 댓글이 장난 아니에요."

스포츠카의 조수석을 차지한 장현서가 핸드폰을 내밀었다. 뉴스와 더불어 기사가 나왔다. 그 아래로 댓글이 깨알처럼 달리고 있었다.

―국대 한국인 채윤도.

―리베이트에 미친 제약 회사들에게도 장침 한 방 부탁해요.

―진격의 장침거인 채윤도, 미국도 접수하려나?

―로열티만 받아도 오지겠네.

―정부는 채윤도 치매 약을 전 국민에게 돌려라.

얼핏 보아도 댓글이 법석이었다.

"저도 SNS에 선생님 자랑질 좀 했어요."

그녀가 화면을 넘겼다. 페이스북과 인스타그램을 비롯한 그녀의 계정에도 댓글이 무한 번식을 하고 있었다.

"오늘 촬영 있었어요?"

시동을 걸며 물었다.

"요즘 새 드라마 찍잖아요. 마침 조금 전에 녹화가 끝났어요."

"SN에 누가 다친 거죠?"

"그건 자세히 몰라요. 저도 촬영 중이어서……."

"그렇군요."

"저 선생님 손 좀 잡아도 돼요?"

장현서가 얼굴을 붉히며 물었다.

"손은 왜요?"

"왜는요? 신침 놓는 손을 잡으면 행운이 올 거 같아서 그러죠."

"그럼 잡으세요. 현서 씨에게 행운이 오는 일이라면야……."

"그렇죠? 저랑 선생님이랑 보통 인연 아니죠?"

"속은 이제 괜찮죠?"

"네. 하지만 그때 일만 생각하면… 우엑!"

"회충 사진 검색해 봤군요?"

윤도가 웃었다.

"궁금해서… 괜히 봤어요."

"그럼 손잡는 김에 진맥도 볼까요?"

"그거 말고 저도 피부 영약 좀 주세요."

"피부 영약이요?"

"저도 다 알아요. 선생님이 대표님 애기 피부로 돌려놓으신 거."

"그건……."

"이번에는 그런 약 좀 개발해 주세요. 솔직히 치매 약보다 더 많이 팔릴 거예요. 안 되면 제가 은행 대출을 받아서라도 살게요."

장현서의 애교가 작렬했다. 가만히 보니 그녀의 피부가 까칠해져 있었다.

피부의 원천은 신장. 그녀의 신장에 이상 신호가 오고 있다는 반증이다. 진맥에서도 그랬다. 큰 문제는 아니지만 방치하면 병이 될 수 있었다.

"차에서 내리면 침 한 방 놔줄게요. 그럼 좋아질 겁니다."

"정말이죠? 약속하신 거예요?"

장현서는 차가 들썩거릴 정도로 좋아했다.

끼익!

윤도의 차가 SN 빌딩 앞에 멈췄다. 장현서가 앞서 걸었다.

"여기예요."

연습실 앞에서 그녀가 멈췄다. 다급히 문을 열던 윤도, 그 자리에서 굳어버렸다.

뻥뻐벙!

축포가 터졌다. 꽃술도 날아올랐다.

"축하합니다, 채윤도 선생님!"

합창의 주인공은 해피 프레지던트와 빙빙빙의 멤버들이었다. 그녀들 말고도 대여섯 명의 가수가 더 보였다.

"누가 다쳤다더니……."

"저요!"

윤도가 울상이 되자 미우가 손을 번쩍 들었다. 안무를 익히다 어깨가 빠졌단다. 하지만 윤도가 보기에는 별것 아니었다.

"대표님이 압력 넣었어요?"

사태를 짐작한 윤도가 물었다.

"아뇨. 이건 우리가 작당한 거예요. 대표님 없을 때 오붓하게 축하드리고 싶어서요."

해피 프레지던트 멤버들이 달려들어 윤도를 당겼다. 윤도는 찍소리도 못하고 의자에 앉았다.

"대표님에게는 비밀이에요. 우리도 선생님하고 좀 친해지고 싶어요."

"맞아요. 대표님이 있으면 눈치 보여요."

"선생님, 사랑해요."

걸그룹 아이들이 참새처럼 재잘거렸다. 한마디로 정신이 하나도 없었다. 그런데 박연하가 보이지 않았다.

"그럼 지금부터 에프티에이에 합격하신 선생님께 축하 선물 증정식이 있겠습니다!"

미우가 나서서 소리쳤다.

"야, 에프티에이가 아니라 에프디에이야."

"그래, 무식 뽀록난다."

아이들은 또 한 번 깔깔거리며 실내를 들었다 놓았다.

"야, 그게 뭐 중요해? 선생님 축하하는 게 중요하지. 빨리 선물이나 가져와."

미우가 눈총 레이저를 쏘며 멤버들을 다그쳤다.

다르륵!

잠시 후, 윤도 앞에 끌려온 건 커다란 종이 박스였다. 작은 냉장고가 들어갈 정도로 컸다. 걸그룹 팬들이 보내준 선물이라도 담아서 온 걸까? 난감해하는 사이 박스가 개봉되었다.

"짠!"

그 안에서 튀어나온 것은 박연하였다. 요정 콘셉트의 그녀가 내민 건 산삼 한 뿌리였다.

"축하합니다. 저희가 용돈 모아서 준비했어요. 베이징 공연 성사시켜 주셔서 고맙고요, 무슨 잉글랜드 저널과 에프디에이에서 신약 승인 받으신 거 진심으로 축하드립니다."

축하 선물 산삼.

웃음이 절로 나왔다. 딴에는 윤도에게 맞춘다고 고심한 걸그룹 아이들이다. 그사이에 부용에게서 전화가 왔다.

"……!"

난감한 윤도가 받지 못하자 거푸 다시 걸려왔다.

"우왕, 대표님이셔."

윤도의 전화기를 엿본 박연하가 몸서리를 쳤다. 윤도는 별수 없이 전화를 받았다.

—어디세요?

부용이 물었다.

"그, 그게… 여기가 지금……."

―어디 아프세요?

"아니, 그게 아니라… 좀 피곤해서요."

―어머, 그럼 일찍 쉬세요. 미국도 가셔야 하잖아요?

"네."

―다녀와서 한번 만나요. 저도 여기 마무리되는 대로 들어
갈게요.

"알겠습니다."

윤도가 전화를 끊기 무섭게 박연하의 핸드폰이 울렸다. 그
러자 그녀의 비명도 함께 울렸다.

"으악, 대표님이셔!"

"대표님?"

"어떡하지?"

"야야, 다들 조용!"

미우가 멤버들에게 쉿 하는 동작을 취했다.

"여보세요……."

목청을 가다듬은 박연하가 전화를 받았다. 그러자 부용의
목소리가 서늘하게 흘러나왔다.

―너희들, 채 선생님 납치해 왔지?

"악!"

─다 알고 있으니까 빨리 보내 드려. 알았어?

"아악!"

박연하는 비명만 지르다 핸드폰을 놓치고 말았다.

생기발랄한 걸그룹의 배웅을 받으며 도로에 올라섰다. 잠시 정지 신호를 틈타 하늘을 보았다. 어둠을 뚫고 비행기가 날고 있었다.

미국.

현대 의학의 심장부.

이제 윤도의 지향은 그곳에 있었다.

5. 현대 의학의 심장부
미국으로 가다

1. 채윤도

2. 강외제약

3. 치매 신약

4. FDA

5. 북미 시장

6. 신침장침

여섯 가지 검색어가 3일 동안 실검 1위부터 6위까지를 휩쓸었다. 윤도의 이름은 꼭대기에서 내려오지 않았다. 그런 면에서 미국 방문 추진은 신의 한 수였다. 수많은 전화와 만나자는 사람들 때문이다. 한의원 앞에는 아예 사설 경호 직원 둘을 세워 통제할 정도였으니 미국을 다녀오면 폭풍이 잠잠해질 일이다.

강외제약의 주식은 3일 연속 불기둥 상한가를 쳤다. 오늘은 상한가가 풀리며 26.2%의 상승에 그쳤지만 그것만 해도 어마어마한 주가 돌풍이었다.

미국 출발을 하루 앞둔 오전 11시, 윤도의 스포츠카가 청와대에 들어서고 있었다. 대통령의 요청이 있었다.

"채 선생!"

대통령이 집무실에서 반겼다.

"안녕하셨습니까?"

윤도가 인사를 했다.

"장합니다. 굉장한 쾌거였어요."

"별말씀을……."

"우리 비서관들도 전부 고무되어 있습니다. 이러다가 채 선생님이 세계 신약 시장의 맹주가 되는 거 아니냐고."

"겨우 두 걸음을 떼었을 뿐입니다."

"그래, 다음 신약은 또 뭡니까?"

"당장은 대통령님을 먼저 챙겨야 할 것 같은데요? 어디가 불편하십니까?"

"하핫, 뭐 그렇기도 하고… 워낙 국위 선양을 하고 계시니 맛깔스러운 수제비 한 그릇 대접할까 해서요."

"그럼 진료부터 하시죠."

"그러세요. 식사는 그다음에 합시다. 우 비서관, 배 박사님 오셨나?"

대통령이 여 비서관에게 물었다.

"의무실에 도착하셨습니다."

배 박사라면 배병수 박사로 대통령의 내과 자문의 역을 맡은 사람이다. 우 비서가 앞서고 대통령과 윤도가 뒤를 따랐다. 의무실로 들어서자 배 박사가 자리에서 일어섰다.

"오셨군요. 여기 채윤도 선생도 왔습니다."

대통령의 말과 함께 윤도는 배 박사에게 마주 인사를 했다.

"실은 대통령께서 요즘 돌연 위가 좀 나빠지신 것 같아서요."

배 박사가 말문을 열었다.

"해서 엊그제 우리 병원에 내원하셔서 여러 검사를 하고 내시경도 해보았는데 특별한 이상은 나오지 않았습니다. 제가 내린 결론으로는 위마비인 것 같다고 말씀드렸더니 침을 맞고 싶다는 의견을 주시네요. 그래서 오늘 이 자리를 갖게 되었습니다."

배 박사의 설명은 친절했다.

"진맥을 좀 해도 될까요?"

윤도가 대통령을 바라보았다. 대통령은 흔쾌히 손목을 내주었다.

"위의 이상이 맞습니다. 사기가 위 구석에서 제대로 뭉쳐 연동 운동을 막습니다. 위마비입니다."

윤도도 같은 진단을 내렸다.

위마비.

이 또한 고질병의 하나이다. 위염이나 위궤양보다 더 큰 통증이 올 수도 있지만 내시경에서는 '소견 없음'으로 나온다. 따라서 주의 깊게 진단하지 않으면 신경성 처방이 나올 수도 있었다.

증세는 말 그대로다. 위 운동이 거의 일어나지 않아 음식이 위에 정체된다. 소장으로 내려가지 않으니 늘 더부룩하고 구토에다 복통까지 부록으로 붙는다. 위마비는 당뇨병이나 위 수술을 받은 사람에게 많이 나타난다. 대통령의 경우에는 과거 위궤양이 심해 수술을 받은 전력이 있었다. 마비 초기에는 위장관 운동제를 처방하지만 마비가 심하면 이조차 소용이 없다.

"제 진단으로는 소장과 연결되는 유문에 보톡스를 놓을까 했는데 대통령께서 일단 침을 한번 맞아본 후에 결정하자시기에……."

배 박사의 설명이 그쳤다.

"그럼 점심 식사 하시기도 어렵겠군요?"

윤도가 대통령에게 물었다.

"그래도 먹어봐야죠. 이렇게 좋은 분들이 오셨는데······."

"기왕 드실 거라면 맛나게 드실 수 있도록 조치해 보겠습니다."

윤도가 장침을 뽑았다.

'화생토(火生土)······.'

머리에 시침의 길을 세웠다. 위장은 토(土)의 성질이다. 그렇다면 화(火)의 성질을 갖는 심장과 소장의 도움이 필요했다. 심수혈과 소장수혈에 침을 넣어 생기를 불어넣었다. 그런 다음 다시 근축혈과 거궐혈, 양릉천혈에 장침을 넣었다. 세 혈자리의 침감으로 마비된 위 부위를 겨누어 경련과 이완을 반복했다. 3회를 반복하자 대통령의 배에서 비둘기 소리가 들려왔다.

꾸룩, 꾸르륵!

정체된 음식물이 소장으로 내려가는 소리였다.

"어떠십니까?"

윤도가 물었다.

"속이 시원한데요?"

대통령의 얼굴이 시원하게 펴졌다.

"혹시 채소 주스를 만드실 수 있습니까?"

윤도가 의무실 간호사에게 물었다.

"가능합니다."

대답한 그녀가 즉시 채소 주스를 만들어 왔다. 윤도가 대통령에게 시음으로 권했다.

"어이쿠, 잘 내려가는데요? 아침까지만 해도 이런 거 쳐다만 봐도 배가 더부룩했는데……."

"위에 뭉친 기혈이 풀렸습니다. 심장과 소장을 짝지어 푼 것이니 큰 무리는 없을 겁니다. 다만 당분간 기름진 음식은 피하시기 바랍니다."

"그럼 오늘 수제비는 먹어도 된다는 겁니까?"

"그건 문제없을 것 같습니다만……."

"배 박사님."

대통령이 배 박사를 바라보았다. 배 박사가 청진기를 들이댔다. 대통령의 위장 부위를 몇 번이고 체크하지만 그의 진단은 엊그제와 달랐다.

"기가 막히는군요. 직접 봐도 믿기가 힘듭니다."

배 박사의 미간이 과격하게 구겨지더니 천천히 제자리로 돌아갔다. 그게 무엇을 의미하는지 윤도는 알았다. 경외감이 아니라 불편함이었다. 윤도는 내색하지 않았다.

"고맙습니다, 채 선생. 역시 명침이시군요."

대통령은 기꺼운 마음을 감추지 못했다.

"그리고 채 선생."

"예."

"아직 자세한 보고는 받지 못했지만 이번에 개발한 치매 신약이 어떻습니까? 개발자 입장에서 말입니다."

"약효 말씀입니까?"

"예."

"아직 시장의 평가는 받지 못했지만 제 생각에는 초기 치매는 물론이고 심각한 만성 치매의 일부까지도 치료될 것으로 예상합니다."

"그래요?"

"왜 그러시는지……?"

"아, 아닙니다. 내가 비서관들과 구상 중인 게 있는데 아직 마무리된 게 아니라서……."

대통령이 말끝을 흐렸다. 뉘앙스로 보아 나쁜 일은 아닌 것 같았다. 그러는 사이에 밖에서 전갈이 들어왔다.

"치과 자문의께서 오셨다는데요?"

우 비서관이다.

"아, 모시게."

대통령의 지시가 떨어지자 치과 자문의가 의무실로 들어왔다. 윤도와 배 박사는 가볍게 인사를 나누고 물러났다. 그때 대통령이 윤도의 걸음을 잡았다.

"채 선생은 잠깐만……."

윤도가 지켜보는 가운데 치과 자문의 문대성의 진료가 시작되었다.

"아아!"

치과 도구로 긁어낼 때마다 대통령의 신음이 새어 나왔다.

"어금니 임플란트와 송곳니 임플란트가 몇 개 흔들립니다. 잇몸에 염증도 엿보이니 병원에 나오셔서 전반적으로 교체하셔야 할 것 같습니다."

치과의사가 말했다. 대통령은 양쪽 어금니와 송곳니 등이 임플란트였다. 본연의 자연 생니는 몇 개 되지 않았다.

"그럼 또 전처럼 긴 시간 고생해야 하는 겁니까?"

"죄송하지만 그때보다도 더……."

"허어, 그 이후로 신기술이 나오지 않은 모양이군요?"

"기술은 좋아졌습니다. 그래도 의치이다 보니……."

"채 선생은 어때요? 혹시 이가 새로 나는 명약 같은 건 개발하고 있지 않습니까?"

대통령이 반 농담으로 윤도를 바라보았다.

"가능하기는 합니다만……."

윤도가 답했다. 단순히 묻기에 답한 것뿐이다. 그러자 문대성이 돌연 각을 세우고 나섰다.

"한의사도 의료인인데 농담이라고 막 하는 게 아닙니다. 이가 나는 약이라뇨?"

"농담은 아닙니다만."

"정말 치아가 나는 명약이라는 게 가능하다는 말입니까?"

대통령이 관심을 기울였다.

"동의보감에도 그런 처방이 나옵니다. 그 처방을 구현하기는 조금 힘들지만… 조금 다른 제 처방이 있기는 합니다. 다만 제한적이고 시간이 제법 걸려서 대중화하기는 어려울 것 같습니다만."

"이봐요, 채윤도 선생."

듣고 있던 문대성이 끼어들었다.

"예, 박사님."

"요즘 큰일을 많이 하시기는 하지만 너무 무책임한 말 아닙니까?"

"……?"

"치아가 난다는 거 말입니다. 대통령은 어린이가 아니고 성인입니다. 영구치가 다시 날 수는 없어요."

"그래서 말씀드리지 않았습니까? 제한적이고 시간이 좀 걸린다고."

"이봐요, 채 선생!"

문대성의 목소리가 더 높아졌다.

"말씀하시죠?"

"듣자 듣자 하니… 대통령 앞입니다. 의술을 높여 보이려는 마음은 이해하지만 안 되는 건 안 되는 겁니다. 채 선생이 신이 아닌 다음에야 어떻게 대통령님 나이에 영구치를 다시 나게 한다는 겁니까?"

"동의보감에만 해도 치아가 새로 나는 처방이 네 가지나 나옵니다만……."

"동의보감? 그게 현실적이고 타당하기나 한 겁니까?"

"말씀 삼가세요. 동의보감은 수백 년 동안 검증된 의서입니다."

"허어, 이 사람이… 한의사가 치의학에 대해 뭘 얼마나 안다고 뜬구름을 잡아요?"

"그 말은 취소하시죠."

윤도의 눈에 힘이 들어갔다. 대통령 앞이라 각을 세울 생각은 없었다. 그렇다고 해도 한의학에 대한 폄훼나 경시만은 간과할 수 없었다. 일반적인 처방이 아니라고 해서 무시당할 이유가 없었다. 의사 역시 사람에 따라 특별한 시술법을 쓰는 경우가 많기 때문이다.

"증거를 보이면 백번이라도 취소하고 사과하죠. 아니, 무릎이라도 꿇겠소. 보아하니 재주가 좋아 논문도 실리고 신약도 냈다지만 문제는 보편화예요. 실험실에서 묻혀간 신기술과 신의학이 한둘인 줄 아오? 소설에나 나올 법한 이야기를 내세워 환자를 현혹하는 건 절대 간과할 수 없소이다."

"지금 현혹이라고 하셨습니까?"

"그래요, 현혹! 게다가 대통령을!"

"문 박사, 채 선생."

입장이 난처해진 대통령이 중재에 나섰다.

"죄송합니다. 저는 대통령의 안전을 위해서라도 브레이크 없이 폭주하는 이 젊은 친구를 묵과할 수 없습니다."

문대성은 물러설 생각이 없어 보였다.

"저는 이미 그 약에 성공한 적이 있습니다만."

"이봐요, 지금 감히 어디서?!"

"좋습니다. 그렇다면 증거를 보여 드리죠."

윤도가 승부수를 던졌다.

"허어, 아주 끝까지 가보자?"

"잠깐만 기다리십시오. 전화 한 통 쓰겠습니다."

"마음대로 하시오, 소위 명침, 신침이라는 한의사님!"

문대성의 비꼼은 극한까지 치달았다.

"여보세요."

윤도는 전화 두 통을 걸었다. 그런 다음 두 번째 전화를 문대성에게 넘겨주었다.

"이게 뭐요?"

문대성이 각을 세우며 물었다.

"통화해 보시지요. 그럼 아시게 될 테니까."

"여보세요."

문대성의 목소리가 칼칼하게 이어졌다.

"나 치과의사 문대성이라는 사람이오. S대 치과대학장을 역임했고 현재 대통령 치과 자문의로 있는……."

통화 초반 문대성의 기세는 하늘을 찔렀다.

"……!"

하지만 그 기세는 곧 벼락처럼 꺾였다. 핏대가 서 있던 얼굴에도 당혹스러움이 한가득 번져나갔다.

"그, 그게 정말입니까?"

이제는 목소리가 떨리기 시작했다.

"그, 그런 말도 안 되는……."

미친 듯이 무너져 내리는 문대성.

"아닙니다. 선생님이 그렇다면 믿어야죠. 하지만……."

마침내 문대성의 손이 늘어졌다. 윤도가 그 앞에 손을 내밀었다. 문대성은 맥없이 전화기를 건네주었다.

"이제 증명이 되었습니까?"

윤도가 물었다. 위엄이 팽팽한 목소리이다.

"이, 이걸 대체……."

"흔하지 않은 일이라 해서 무조건 폄하하는 건 옳지 않습니다. 한의학이라고 무시하는 것도 옳지 않습니다. 그러는 치과도 얼마 전까지만 해도 일반의들의 무시를 받은 적이 있지 않습니까? 그런 분의 입에서 모욕적인 말이 나오니 차마 믿을 수 없습니다."

"……."

"대통령 앞에서 하신 말씀이니 대통령이 계신 자리에서 사과를 요구합니다."

윤도의 목소리가 추상같다.

"……."

"문대성 박사님!"

"면목… 없소."

문대성의 목소리가 기어 나왔다. 정말이지 대통령 앞. 더구나 상대는 아직 약관인 한의사. 유명세 좀 탄다고 천방지축 폭주하기에 누른 것인데 된서리를 맞은 건 자신이다. 문대성은 후들거리는 다리에 힘을 주며 통화 내용을 생각했다.

"태산전자 이태범 회장님 주치의 조한새입니다. 믿기지 않지만 그런 일이 있었습니다. 생니가 거의 다 빠진 회장님이었는데 채윤도 선생이 처방한 약으로 생니가 났습니다. 말로는 믿기지 않을 수 있으니 원하시면 전후 치아 사진을 보내 드리겠습니다."

조한새.

그 역시 대한민국 치과의사 중 한 손에 꼽히는 사람이다. 친분이 있어 그의 인품을 알고 있는 문대성. 빼도 박도 못할 곳에서 증명이 되고 만 것이다.

"동의보감 모욕에 대한 사과도 요구합니다."

"그 또한 면목이 없소."

문대성의 어깨가 한없이 내려갔다. 관록과 권위로 눌러보려던 치과 자문의. 그러나 부메랑을 맞고 개망신을 당했다.

"일이 이렇게 되었으니 대통령께 새 이가 나는 처방을 해 드리겠습니다. 다만 워낙 희귀 약재라 시간이 걸릴 일이니 그 치료까지는 제가 대통령님의 치아 건강을 담당해도 되겠습니까?"

"그러시오."

이제 문대성의 목소리는 거의 들리지 않았다.

이날 윤도는 청와대 수제비를 즐겁게 먹었다. 대통령도 그랬다. 똥 씹은 얼굴로 수제비를 먹는 건 배 박사와 문대성이었다. 그들에게는 맛있는 식사가 될 리 없었다.

새 이의 처방 비용은 임플란스의 세 배.

대통령에게 공식 통보를 했다.

"열 배라도 콜. 청와대 진료 예산으로 안 되면 내 사비로라도 지불하겠소."

대통령은 기대에 찬 표정을 감추지 않았다. 대통령에게 두툼한 봉투를 받아 들고 청와대를 나섰다. 미국행 짐을 꾸릴 시간이었다.

이른 아침, 윤도는 약제실에 있었다. 미국행 비행기에 오르기 전에 가져갈 약침액을 골라야 했다. 치매 신약은 준비하지 않았다. 그건 이미 샘플로 나온 약품이 있는 까닭이다.

'미국……'

윤도는 잠시 생각에 잠겼다.

그쪽 의사들의 가치관은 어떨까? 한의학에 대한 반감이나 불신은 없을까? 여러 생각을 하며 몇몇 약침을 집어 들었다.

중산경의 낭―먹으면 요절하지 않는 영약.

중산경의 요초―색맹과 눈병을 고친다.

서산경의 웅황―나쁜 기운과 온갖 독을 물리치는 영약.

서산경의 복숭아 닮은 열매―심신 피로 해소.

북산경의 백야―머리가 이상해지는 병을 고치는 영약.

북산경의 물고기―치매에 걸리지 않는다.

약침액을 보고 있을 때 진경태가 들어왔다.

"아저씨."

"어허, 짐은 안 싸시고 약제실 비상 점검입니까?"

"짐이랄 게 뭐 있어야죠? 제반 준비는 강외제약에서 다 하고 있으니……."

"비자하고 여권은요?"

"그거야 이미……."

"약침 때문인가요?"

"아무래도 미국까지 가는 일이다 보니……."

"뭐가 고민이세요? 그거 싹 쓸어 가면 되죠."

"그건 너무 심한 거 같고……."

"그래도 여러 개 가져가세요. 미국 의사들이라고 별다르겠어요? 한의사라고 이것저것 시험하려 들지 모르잖아요."

"그거야 장침으로 해결하면 되죠."

"그러니까 약침도 가져가시라는 얘기예요. 기왕이면 다홍치마라고 원샷에 해결하면 좋잖아요. 아, 막말로 저들이 온갖 장비 쓰나 원장님이 약침 쓰나 무슨 차이입니까?"

"알겠습니다."

"그리고 이건 아예 드시고 가세요."

진경태가 서산경의 영약을 가리켰다. 피로 해소 영약이다.

"그건 환자들을 위해……."

"지금 큰일 하시러 가는 길이에요. 치매 신약이 북미 시장에 빨리 정착되면 더 많은 사람들이 치매에서 해방될 일입니다. 그러니 원장님이 우선입니다."

진경태가 약침액의 뚜껑을 열었다. 그런 다음 활력수에 희석해 윤도 앞에 내밀었다.

"그럼 두 잔 더 만드세요."

"두 잔이나요?"

"아저씨하고 정나현 실장님 몫. 아니면 저도 안 마십니다."

"알겠습니다. 어련하실까요?"

진경태가 한 번 더 수고를 했다. 잠시 후에 정나현이 도착했다. 이번 미국행은 그녀가 수행하게 되었다. 세 간호사 중에서 영어를 가장 잘하는 덕분이다.

"정 실장은 여행 가나? 완전 자유 여행 콘셉트네?"

진경태가 영약 음료를 주며 웃었다.

"실장님이 만드신 거예요?"

"아니, 우리 원장님이 정 실장 생각해서 특별히 처방한 약침 원방. 이름 하여 북미 시장 장악 무한 생기 파워 에너지 보충 음료?"

"이거 먹고 밤마다 잠 안 오면 어쩌죠?"

정나현의 재치가 발동했다.

"그럼 그냥 가시든가."

"아, 아뇨. 마실래요. 원장님 원방이라는데……"

정나현은 음료를 가로채더니 단숨에 들이마셨다.

중산경의 낭.

서산경의 웅황.

북산경의 백야.

윤도는 국산 약침액에 더불어 세 영약의 약침액을 챙겼다. 영약 약침액은 비상용이다.

이걸로도 안 되는 돌발이 생기면 신비경과 산해경에서 해결책을 찾을 수도 있었다. 이어 장침과 나노 침까지 넉넉하게 담았다. 비자와 여권을 마지막으로 한 번 더 확인함으로 출발 준비는 모두 끝났다.

"채 선생님!"

류수완에게서 전화가 걸려왔다.

―준비되셨습니까? 저희가 픽업하러 갈까요?

"아닙니다. 공항에서 만나죠."

―알겠습니다. 그럼 2공항에서 뵙겠습니다.

류수완이 전화를 끊었다.

제2공항.

따지고 보면 대한항공 전용 공항과 다를 바 없다. 딱 한 번 이용한 윤도이지만 그리 편하지 않았다. 취약은 1공항과 거리가 멀다는 점. 자가용으로 갈 때는 문제가 없지만 공항버스를 이용하는 승객들에게는 대책이 없는 2공항이었다. 생짜로 왕복 1시간 가까이 버려야 하는 비효율성의 극치였다.

부릉!

스포츠카 시동이 걸렸다.

"원장님, 잘 다녀오세요."

"실장님, 파이팅!"

승주와 연재가 응원을 보냈다. 진경태와 종일, 천영희 미화원 아줌마도 배웅 길에 빠지지 않았다. 약 1주일 여정의 미국행. 힘찬 시동과 함께 출발했다.

"아, 정 실장님은 좋겠다."

연재가 맥을 놓고 말했다.

"그럼 언니가 따라가지 그랬어."

"얘, 누가 이런 날이 올 줄 알았니? 이럴 줄 알았으면 나도 불어나 독어가 아니라 영어에 올인하는 건데……."

"지금도 안 늦었걸랑."

"아니면 일어를 하던가. 너도 원장님이랑 일본 다녀왔잖아?"

"다음에는 프랑스나 독일 가실지도 모르잖아?"

"인간은 언제나 현재에 사는 거 아니니. 오늘이 중요하다는 말씀."

"오늘은 예약 전화 처리하는 게 더 바쁠 거 같은데?"

"얘, 나 그렇잖아도 기분 꿀꿀한데 기분 깨게 할래?"

"예, 기분 안 깨게 할 테니 가서서 커피나 내리시죠. 내가 내리면 향 품격이 떨어진다면서요?"

승주가 접수실을 가리켰다.

"아, 나도 미국 가고 싶었는데……."

연재는 투덜거리며 접수실로 향해 걸었다.

*　　　　*　　　　*

"헤에……."

비행기에 탑승한 정나현의 입이 다물어지지 않았다. 그녀에게 배당된 좌석도 1등석이었다. 윤도의 팀은 모두 6명. 정나현은 통역에 총무를 겸한 여직원과 나란히 앉았다.

윤도는 류수완과 함께였다. 그 건너편에는 제임스와 차 이사가 자리를 잡고 있었다.

"컨디션은 어떻습니까?"

류수완이 윤도에게 물었다.

"피로회복제 한약 먹고 왔습니다. 사장님도 한 팩 드릴걸 그랬네요."

"웬걸요. 저는 선생님이 배터리 충전기입니다. 선생님만 있으면 원기 탱천이지요."

"병원 쪽 스케줄은 어떻게 잡혔죠?"

"시차가 있으니 도착하면 내일은 쉬고요, 모레부터 방문 일정을 잡아두었습니다."

"특별한 요청이 있었나요?"

"일단은 신약을 중심으로 한 혈자리 시침을 선보이겠다고 했습니다. 환자는 그쪽에서 치료 중인 사람들 중에서 자원자를 정한 모양이고요."

"예."

"제임스는 미국인의 혈자리와 한국인의 혈자리에 대해 궁금해하던데, 어떻습니까?"

질문하는 류수완이 제임스 쪽을 보고 턱짓했다.

"혈자리는 원래 지문과 같다고 볼 수 있습니다. 사람마다 다를 수 있죠. 원칙적으로 기본 혈자리를 중심으로 질환과 특성에 따라 비례의 법칙으로 가감하게 되므로 걱정할 필요 없습니다."

"하지만 특이한 혈자리도 많다면서요?"

제임스가 질문했다.

"제임스 이사님도 혈자리 공부를 하신 모양이군요?"

"많이 했죠. 요즘은 아예 한국 한의사 시험에 도전하겠다고 기염을 토합니다."

류수완이 웃었다.

"특이한 혈자리도 있기는 합니다. 하지만 그건 서양의학의 특이체질 이론도 마찬가지 아닙니까? 인체는 신비해서 완벽한 표준화는 어려운 것으로 압니다. 그렇기에 체질이니 유전이니 환경이니 하는 변수를 고려하는 것 아닌가요?"

"저는 특이 혈자리를 알고 싶습니다만……."

제임스는 호기심을 내려놓지 않았다.

"특이한 혈자리라면… 혈자리가 깊거나 얕은 사람, 혹은 불규칙한 사람, 질병 등으로 뒤틀린 사람을 들 수 있겠지요. 하지만 그 또한 어느 정도 경험이 쌓이면 문제가 되지 않습니다."

"으음, 역시 명침명의의 설명이라 명쾌하군요."

"궁금하시면 미국에 도착해서 침을 놔드리죠. 그럼 혈자리 공부가 확실하게 될 겁니다."

"이야, 기대됩니다. 저 정말 채 선생님 침 한번 맞아보고 싶었습니다."

제임스는 기대감을 숨기지 않았다.

1등석의 식사는 좋았다. 서비스의 품격도 달랐다. 잠자는 시간을 제외하고 윤도는 치매에 대해 복기했다. 서양의학의 본산으로 간다는 것, 더구나 미국 내 병원 랭킹 최상위에 드는 매사추세츠 병원이다 보니 겁대가리 없이 SS병원으로 왕진 가던 때와도 다른 기분이다.

'서양의학……'

본질적인 차이를 생각해 보았다. 양방과 한방의 차이는 아주 간단했다. 양방은 사람의 눈으로 확인할 수 있는 인체를 대상으로 연구하고 한방은 눈에 보이지 않는 기능적인 현상을 중시해 연구한다. 눈에 보이는 것과 보이지 않는 것. 이 차이가 두 의술의 거리가 되었다. 그 거리 때문에 두 의술은 친화적이지 못하는 경우가 많았다.

그러나 최근 들어 변화의 바람이 불기 시작했다. 서양의학의 꽃으로 불리는 외과적 수술이 만병통치가 아님을 알게 된 것이다. 수술의 부작용과 후유증이 대두된 까닭이다. 병소를 절제하는 방식으로 회복을 도모한다고 해도 본래의 육체 메커니즘을 완벽하게 구현하기는 힘들다. 절제를 위한 마취의 거부와 부작용, 합병증 등도 골칫거리가 아닐 수 없었다.

나아가 양방의 약물 거부 작용, 내성, 축적으로 인한 위험 부담도 증가되었다. 특정 약물에 대해 과민 반응이나 알레르기 반응을 일으키는 환자들 때문이다. 이런 것 외에도 과학적인 한계로 인한 오진과 불치병은 여전히 많은 질환에 숙제가 되고 있었다.

한방은 그런 문제들에 있어 양방보다 자유로웠다. 과학으로 진단하지 못하는 질병에 대해서 해결책이 되는 경우가 많았다. 그렇기에 일부 미국에도 한의사 제도가 존재하고 첨단 병원에서도 한방을 파트너로 택하는 경우가 생겼다. 매사추세츠 병원의 오퍼도 그런 선상에서 이루어진 것으로 보였다.

치매의 기본 혈은 신문, 내관, 백회혈.

이제 웬만한 초기 치매는 장침만으로도 잡을 수 있는 윤도. 그러나 미국인의 표준 체형도를 머리에 그리며 긴장의 끈을 놓지 않았다.

장도.

이걸 말하는 모양이다. 도쿄와 베이징을 갈 때와 달랐다. 온몸이 좀이 쑤시고 또 쑤셨다. 하지만 다른 사람들은 걱정이 없었다. 윤도의 장침 덕분이다. 중간 즈음에 윤도의 장침이 빛을 발했다. 일행의 피로를 싹 씻어낸 것이다. 호기심으로 가득한 스튜어디스에게도 서비스 장침을 찔러주었다.

"와아, 피로가 쫙 풀려요. 와아!"

스튜어디스가 너무 좋아했다. 그녀에 대한 서비스는 무한 서빙으로 돌아왔다. 그사이에 공항이 가까워졌다.

비행기는 언제 착륙할까? 사실 착륙 안내 방송도 떡밥에 불과하다. 비행기는 바퀴 내리는 소리가 들려야 착륙한다. 방송 시간은 대개 착륙 5분 전이다.

드드득!

마침내 바퀴 나오는 소리가 들렸다. 미국 땅에 랜딩하는 것이다.

"At last I'm here!"

연결 통로를 밟은 제임스가 영어로 말했다. 이제부터 영어가 고생해야 하는 시간이었다.

입국 심사장에 섰다. 도쿄나 베이징과 달리 입국 심사가 꾕

장히 깐깐했다. 방문 목적과 체류 기간, 숙소 등에 대한 질문이었다. 윤도가 영어로 답했다. 여기까지는 당당했다.

그런데 미국 교통보안청 TSA가 담당하는 미국의 보안 검색 역시 이날따라 굉장히 삼엄해 보였다.

"테러 경보라도 내렸나? 유난하네."

미국인인 제임스조차도 고개를 갸웃거렸다.

앞서 나가던 정나현과 여직원이 먼저 걸렸다. 소지품 일체를 검사했다. 젊은 여자에 대한 단속은 더욱 깐깐한 미국 공항다웠다. 그 뒤의 제임스와 차 이사 등은 문제가 없었다. 윤도 역시 통과하나 싶었지만 검색 직원이 가방을 잡았다.

"당신 거죠?"

"Yes."

"열어보세요."

"일용품밖에 없습니다만."

"열어보세요."

배가 불룩 나온 직원은 오직 한마디만 되풀이했다. 지퍼를 열고 내용물을 꺼내놓았다. 직원이 약침 용액을 집어 들었다.

"이거 뭐야?"

목소리가 까칠했다. 태도도 상당히 위압적이다.

"치료약입니다만."

"의사 처방."

직원이 손을 내밀었다. 윤도가 처방을 건넸다. 윤도의 한의원과 윤도 이름으로 처방된 처방전이었다. 미국은 깐깐하다기에 미리 준비한 것이다.

"오리엔탈 닥터?"

"코리아 닥터입니다."

직원의 말을 윤도가 바로잡았다. 직원은 퉁명스레 쏘아보더니 약물을 건너뛰었다. 그것으로 끝이면 좋았겠지만 더 큰 재앙이 닥쳐왔다. 직원이 잘 보관된 신비경을 뽑아 든 것이다.

"이건 뭐야?"

다시 빡센 질문이 나왔다.

"거울입니다만⋯⋯."

"당신 호모야?"

"개인 소장품입니다."

"이건 안 돼."

직원이 고개를 저었다.

"뭐라고요? 왜 안 된다는 겁니까?"

"소지 목적 불순, 흉기 사용 가능!"

직원이 손잡이를 가리켰다. 손잡이 끝이 삼각으로 마무리되어 있다. 그걸 흉기라고 억지를 쓰는 직원. 황당해하는 사이 직원이 신비경을 압수 물품 박스로 던져 버렸다.

"안 돼!"

윤도가 몸을 날렸다. 신비경은 윤도에게 국보와도 같은 물건, 흠이라도 나면 문제가 될 수 있으니 한마디로 본능적이었다.

우당탕!

검색 구간에 소란이 일었다. 신비경은 받아냈지만 압수 물품 통이 엎어지면서 잡동사니가 와르르 쏟아진 것이다. 순식간에 검색 직원들과 보안 요원들이 몰려들었다.

"무슨 일입니까?"

놀란 차 이사와 류수완이 검색 직원들의 숲을 헤치며 다가왔다. 제임스 역시 가방을 놓고 소란의 현장으로 뛰었다. 보안 요원도 역시 더 많아졌다. 상황이 좋지 않았다.

저벅저벅!

발소리가 들렸다. 윤도는 혼자였다.

결국 윤도의 일행은 조사실로 모서(?)졌다. 각자 다른 방에 격리되어 조사를 받았다.

"오리엔탈 닥터?"

윤도의 조사는 여직원 둘이 맡았다. 주먹만 한 안경을 쓴 여자가 물었는데 윤도의 대답은 한결같았다.

"No, 나는 코리아 닥터입니다."

질문자는 두 단어의 차이를 알지 못했다. 관심도 없는 표정이다.

"그런 것보다 이게 문제인 거 같던데……"

안경 쓴 여직원이 신비경을 들어 보였다.

"돌려주세요. 나에게는 소중한 물건입니다."

"No."

여직원이 고개를 저었다.

"규정상 반입 불가입니다."

"이유가 뭐죠?"

"소지 목적 불명, 흉기 사용 가능."

"그건 그냥……"

소리를 높이던 윤도가 한 박자 늦게 뒷말을 이었다.

"내 할아버지의 유품일 뿐입니다. 내 분신과 같은……"

"분신?"

"나는 테러리스트 같은 사람이 아닙니다. 한의사예요. 이 지역 매사추세츠 병원에 진료차 가는 길이오. 거기에 나를 기다리는 치매 환자들이 있어요."

"지금 조회 중입니다."

"대체 얼마나 오래 걸리는 겁니까? 여기 온 지 두 시간도 넘은 거 같은데."

"우리 아메리카에 문제 입국자가 당신만 있는 건 아니니까."

'젠장!'

"그리고 그쪽에서 명백한 회신이 와도 당신은 시간이 더 걸릴 겁니다."

"그건 또 왜죠?"

"당신의 소지품 중에 있는 약물과 침… 그 분석 시간도 필요하니까."

"지금 그 약품을 뜯는단 말입니까?"

윤도가 펄쩍 뛰었다. 침은 그렇다고 치지만 영약을 비롯한 약침 약품들. 모두 완전 멸균시켰다. 그걸 개봉하면 자칫 오염될 수 있었다. 그렇게 되면 무용지물이 되는 것이다.

"마약일 수도 있으니까."

"이봐요, 그건 치료 약품입니다. 의사의 처방도 가져왔고요."

"그 진단을 내린 의사가 당신이라서……."

'푸헐!'

"아무튼 기다리세요. 규정상 어쩔 수 없습니다."

"내 일행은 어떻게 되었습니까? 내 파티… 제임스와 류수완……."

"그 사람들은 조사가 끝났어요. 곧 나갈 겁니다."

"불러주세요. 그분들이 내 보증인이 될 수 있습니다."

"미안하지만 당신은 성인이고 보증인은 벌금이 부과될 때, 아니면 지갑이 비었을 때만 유효합니다."

"그럼 변호사라도!"

"그건 조사가 끝나고 정식으로 회부되게 되면 들어드리죠."

"……!"

윤도의 머리카락이 삐쭉 솟아올랐다. 아직 입국 전이다. 게다가 미국 시민권자도 아니다. 여기는 입장장. 윤도에 대한 판단은 전적으로 이들 손에 있었다. 상해를 가하는 것도 아니고 의심 가는 물품에 대한 조사. 아쉬운 건 윤도 쪽이었다.

그렇다면 각을 세우거나 류수완 쪽의 조치를 기다리기보다 실력으로 헤쳐 나가는 게 옳았다.

"이봐요, 그쪽……."

윤도가 다른 여자를 불렀다. 묵직함으로 보아 안경 낀 여자의 상사로 보였다. 그녀는 허리의 만곡 상태가 불량했다.

"왜 그러죠?"

책임자가 무뚝뚝하게 대꾸했다.

"당신들, 괜한 오해를 하고 있는데 나는 코리아 닥터입니다. 누누이 말했지만 거울은 할아버지 유품이라 소지하고 있는 거고 침은 치료용, 약침 용액 역시 시술을 위한 치료약입니다. 그러니 매사추세츠 병원에서 확인이 올 때까지는 손대지 말아주십시오. 혹시라도 검사 중에 오염되면 당신 나라의 치매 환자를 고칠 수 없습니다."

"치매 환자?"

책임자가 물었다.

"그래요, 치매 환자. 나, 코리아에서 치매 신약을 개발한 사람입니다."

"아까 그 기다란 침으로 치매 환자를 고쳐?"

"그렇습니다."

"아하하핫!"

책임자가 실소를 터뜨렸다. 하지만 곧 웃음을 끊고 윤도를 쏘아보았다.

"그게 말이 돼? 중세의 마술사라면 몰라도."

"그게 코리아 닥터입니다. 사람의 혈자리를 통해 만병을 치료하는 한의사."

"혈자리?"

"그래요, 혈자리. 우리 몸에는 경혈이라는 혈자리가 있습니다. 나도 당신도… 치매 환자도……"

"혹시 타투가 아니고?"

"젠장, 사람을 중세의 샤먼쯤으로 보는 모양인데 이건 샤머니즘이 아니고 메디컬이라고, 코리아 메디컬. 당신 허리, 오래 전부터 굽었지? 그런 것도 침 한 방이면 문제없어요."

"내 허리?"

"Sure."

"Are You crazy?"

"Never, I can!"

윤도가 소리쳤다.

"How to do?"

"내 침이 필요하지만 급한 대로 당신 볼펜으로도 가능해."

"볼펜?"

"오케이!"

펜을 가로챈 윤도가 책임자의 거궐혈에 볼펜을 대고 눌렀다. 놀란 안경 여직원이 제압 자세를 취했다. 하지만 그녀는 다음 동작을 하지 못했다. 놀랍게도 책임자의 허리가 정상에 가까운 S 자로 펴진 것이다.

"오 마이 갓."

거울에 비친 모습을 본 책임자가 입술을 떨었다. 이 허리 문제는 어제오늘의 것이 아니었다. 카이로프라틱부터 최신 교정술까지 거쳤다. 그래도 굽은 쇠처럼 끄떡도 않던 허리가……

"제대로 펴지고 싶으면 내 침을 가져오세요. 내 손거울과 약품에는 손도 대지 말고. 만약 내 신분에 문제가 있다면 어떤 처분도 달게 받겠습니다."

윤도가 볼펜을 돌려주었다. 책임자의 눈은 여전히 거울에서 떨어지지 않고 있었다. 거울 속에는 그토록 원하던 바른 허리의 여자가 있었다.

결국 책임자가 침대 위에 누웠다. 장침을 돌려받은 윤도가 침 두 방을 꽂았다. 거궐혈과 중완에 들어가는 뜨끈한 화침이었다. 그것으로 게임 오버였다. 책임자의 척추가 말쑥하게 펴진 것이다.

"맙소사!"

책임자의 넋이 반쯤 나갔다. 하지만 윤도의 시침은 이제 시작이었다.

"당신……."

"마리안느예요."

"좋아요, 마리안느. 당신 지금 하혈을 하지요?"

"예?"

책임자의 눈이 돌연 휘둥그레졌다. 그녀로서는 당연한 반응이다. 윤도가 한 것이라고는 손목을 잡았다 뗀 것뿐이다.

"그것도 맑은 하혈을 할 겁니다. 소장이 나쁘기 때문입니다. 그래서 척골도 바르지 못합니다."

"소장이라고요? 정형외과에서 말하기를 척골이 나쁜 건 척추 질환에서 왔다고 하던데?"

"증거를 보여 드리죠."

다시 장침 하나가 들어갔다. 이번에는 천료혈이었다.

"나가 있을 테니 확인해 보세요."

윤도는 침을 꽂은 채 퇴장했다.

"악!"

안에서 책임자의 비명이 나왔다. 덩치가 크다고 놀라지 않을 일이 아니었다.

"세상에… 이럴 수가……! 10여 년도 넘게 속을 썩이던 하혈까지……"

윤도가 들어서자 책임자는 두 손을 모은 채 부들부들 떨었다.

"그리고 당신……"

윤도의 시선이 안경 쓴 여직원에게 건너갔다.

"당신은 얼굴의 홍조하고 빨간 여드름, 다리가 붓는 것이 고민이죠?"

"예?"

"아닙니까?"

"그, 그렇긴 합니다만……"

장침 카리스마에 압도된 여직원이 뒷걸음질 쳤다.

"이리 오세요. 당신도 침 세 방이면 됩니다."

"설마? 얼굴색과 여드름은 피부과에 몇 년 다녀도 못 고쳤고 다리도 늘 서서 일하다 보니……"

"피부과는 표면적인 것일 뿐이고 다리는 류머티즘 때문이라 특효 혈자리가 따로 있습니다. 싫습니까?"

"아, 아뇨."

안경 여직원도 침대에 누웠다. 침을 넣기 전에 맥으로 확인 절차를 걸쳤다. 얼굴이 붉어지는 증상은 심장 때문이다. 빨간 여드름의 발현은 위장 때문이다. 거기에 더해 손목과 발목이 부었으니 류머티즘임을 알았다. 그래도 만의 하나를 위해 확인하는 윤도였다.

안경을 벗겼다. 장침은 얼굴의 권료혈로 들어갔다. 침 끝을 감아 사기를 밀어내자 여직원의 얼굴에서 붉은 기가 빠져나갔다. 붉은 여드름은 위경락과 대장경락의 모혈 기를 조절해 해치웠다.

발목의 붓기는 소장수혈이면 되었다. 소장수혈은 류머티즘에 잘 먹힌다. 뜸이 좋다. 그렇기에 윤도의 침은 당연히 화침으로 들어갔다.

"티나, 얼굴이……!"

책임자가 또 소리를 질렀다.

"왜요? 뭐가 잘못되었어요?"

놀라는 여직원에게 거울을 보여주었다.

"까악!"

여직원이 몸서리를 쳤다. 그녀에게 고민이던 얼굴의 붉은 기세와 빨간 여드름 덩어리. 그것 때문에 늘 굵은 테 안경을 쓰던 불편에서 졸업이었다.

"말도 안 돼."

여직원은 거울을 보고 또 보았다. 발침을 한 후에도 얼굴은 다시 붉어지지 않았다. 여드름 역시 통쾌하게 삭제된 후였다.

"발목도 확인하세요."

윤도가 주의를 환기시켰다. 여직원의 입에서 또 한 번 비명이 나왔다. 발목의 붓기가 거짓말처럼 사라진 것이다.

"방금 침을 맞은 자리는 튀어나온 광대뼈를 부드럽게 만드는 혈자리입니다. 위로 당기면서 입을 벌리면 갸름한 턱 선을 가질 수 있습니다. V 라인 아시죠?"

미인이 되는 비법은 덤으로 안겨주었다.

"증명이 되었으면 제 소지품을 부탁드립니다. 미안하지만 열 시간도 넘게 비행기를 타고 왔거든요."

"그렇게 하죠. 티나!"

책임자가 안경 여직원에게 눈짓했다.

윤도의 짐이 돌아왔다. 신비경부터 확인했다. 약침액들도 무사했다. 그제야 그들이 해프닝에 대해 실토했다. 요주의 수배령이 내린 아시아 출신의 테러리스트 용의자와 윤도의 얼굴이 닮았던 것이다.

"쏘리, 쏘리!"

책임자와 여직원이 거듭 공식 사과를 전해왔다. 그들 앞에 진료비 청구서를 내밀었다. 각각 10,000불과 5,000불이었다.

"……!"

두 여자가 입을 쩍 벌렸다. 한국 같았으면 그냥 해줄 수도 있는 일이었다. 하지만 이런 소동을 겪었으니 경종과 함께 한의학의 가치를 알려주고 싶었다.

"10,000불이나?"

"5,000불이나?"

둘의 반응은 크게 다르지 않았다.

"10년, 아니, 정확히는 13년 된 고질병이었을 겁니다. 그동안 들인 치료비를 합치면 수만 불 정도 되겠죠? 나아가 앞으로 죽을 때까지 거듭되는 치료비를 생각하면 비싼 것도 아닙니다."

윤도는 책임자부터 조이고 들어갔다.

"……."

"이것도 싸게 청구한 겁니다. 당신들의 과잉 반응을 생각하면 몇백만 불 소송도 불사할 생각이었습니다. 제가 침으로 도운 세계의 거물이 한둘이 아니거든요."

"……."

어느새 상황은 역전되었다. 윤도에게 홀린 책임자는 유구무언이다. 게다가 신기하게도 나은 허리와 척골, 그리고 하혈, 거기에 과잉 검색으로 인한 인권 침해. 입이 열 개라도 할 말이 없었다.

"특별히 5,000불에 해드리죠. 그럼 되겠습니까?"

"Yes……."

책임자가 고개를 끄덕였다.

"그리고 티나."

"네……."

"당신은 2,000불에 해드리죠."

"고마워요."

티나도 안도의 숨을 내쉬었다.

장침의 위력은 굉장했다. 책임자와 여직원은 윤도를 류수완과 제임스 등이 기다리는 대기실로 안내했다. 윤도의 일행이 공항을 나가는 것도 직접 도왔다.

"어떻게 된 겁니까? 일이 복잡하게 되는 것 같아서 영사관에 전화를 하고 제임스도 여기 교통보안청의 지인을 동원하려던 참인데……."

류수완이 진땀을 닦으며 물었다.

"글쎄요, 마음이 변했는지 잘 가라고 차비까지 얹어주던데요?"

윤도가 100달러 지폐 70장을 흔들어 보였다.

"채 선생님……."

"하핫, 미국인 혈자리 실습을 하면서 실습비 좀 받았습니다."

윤도가 웃었다. 그러자 정나현도 쿡 하고 함께 웃었다. 실습비라면 침이다. 그건 검색 직원들의 공손한 태도가 증명하고 있었다. 류수완과 제임스가 궁리를 짜내는 동안 자신의 힘으로 문제를 해결한 게 분명했다.

"오래 기다리게 해서 죄송합니다. 숙소에 도착하면 이 돈으로 거하게 한턱 쏘겠습니다."

윤도가 입구를 가리켰다. 이유야 어쨌든 윤도로 비롯된 해프닝. 수습을 마친 윤도가 모두를 향해 꾸벅 인사했다.

6. 그가 가면 길이 된다

몇 시간 꿀잠을 잤다. 피로회복제를 먹었다지만 진정한 피로회복제는 역시 잠이었다. 일어나 보니 오후 3시였다. 조금 더 잘까 싶었지만 눈이 붙지 않았다. 창밖으로 골프장이 보였다. PGA라도 열리는 것인지 갤러리가 많았다.

'바람도 쐴 겸⋯⋯.'

윤도가 복도로 나왔다. 옆방에서 통화 소리가 들렸다. 류수완의 목소리다. 그는 잠도 자지 않은 모양이다. 류수완은 열정적이다. 어쩌면 그 자신이 중병에서 벗어난 경험 때문인지도 모른다. 큰 병을 앓고 난 사람은 겸허하다. 시간의 소중함을 잘 아는 것이다. 그런 측면에서 보면 류수완의 인생에 있어 폐암을 긍정적으로 생각할 수도 있었다.

"어, 채 선생님!"

잠시 통화 소리가 멎는가 싶더니 류수완이 객실 문을 열었다.

"왜 더 안 주무시고?"

류수완이 물었다.

"푹 잤습니다. 앞에 멋진 골프장이 있어 바람이나 좀 쐴까 하고요."

"골프 좋아하시면 제가 부킹 연결할까요?"

"아닙니다. 갤러리가 많은 걸 보니 유명한 대회가 열리는 거 같아서 구경 좀 하려고요."

"그럼 저도 같이 갑니다."

"잠 안 자고요? 사장님이야말로 레드 아이 그대로인데요?"

레드 아이!

밤 비행기를 타고 왔다는 영어 표현이다.

"한 30분 잤습니다. 저는 쪽잠으로 충분합니다. 일명 처칠 수면법이라죠."

"너무 무리하는 건 안 좋습니다."

"당연하죠. 하지만 몸이 느낍니다. 피곤할 때 쪽잠을 10~20분 정도 자고 나면 머리도 몸도 가뜬하거든요."

"그럼 가시죠. 어차피 제가 말한다고 들을 분도 아니고……."

"진작 그러실 것이지."

윤도와 류수완은 나란히 호텔을 나섰다. 골프장은 도로 건너편부터 시작되었다. 윤도의 짐작대로 PGA 대회였다. 두 개의 홀을 지나니 갤러리 무리가 눈에 들어왔다. 왜 구름 갤러리라는 표현이 생겼는지 알 것 같았다.

따악!

갤러리 앞에 우뚝 선 선수가 장쾌한 드라이브 샷을 날렸다. 공이 까마득히 날아갔다.

"폼 죽이죠?"

류수완이 물었다.

"그러네요. 사장님은 골프 치시나요?"

"이 나라에서 대학교 다닐 때 좀 쳤죠. 골프 동아리 출신이거든요."

"부럽네요."

"선생님이 치고 싶다고 하시면 PGA 선수이자 캐디 출신 코치를 붙여 드리겠습니다. 한국에 나가 있는데 저랑 막역한 사이입니다."

"나중에 생각이 들면 부탁드리겠습니다."

"골프가 보기보다 정교하고 세심한 운동입니다. 자기 관리에도 도움이 되지요."

류수완의 시선이 그린으로 향했다. 선수 하나가 퍼팅을 준비하고 있었다. 홀까지의 거리는 약 8미터 정도. 잔디의 각도를 읽는 시간이 긴 것으로 보아 만만한 퍼팅이 아닌 것 같았다. 캐디와 상의를 마친 선수가 자세를 갖췄다. 그의 시선이 공과 홀을 몇 번 오갔다. 호흡을 다스린 골퍼가 공을 밀었다. 순간, 공의 궤적을 바라보던 골퍼의 손이 가슴으로 올라갔다.

"와아아!"

갤러리의 함성이 울려 퍼졌다. 공이 완만한 포물선을 그리며 홀로 빨려 들어간 것이다. 그걸 바라보던 골퍼, 쾌재를 부르나 싶었는데 느닷없이 무너져 버렸다.

"빌런!"

캐디가 비명을 질렀다. 무너진 골프 선수 빌런. 그의 손이 가슴을 쥐어뜯고 있었다. 동시에 파랗게 질린 얼굴에 경련까지 일었다.

"까아악!"

갤러리 인파 속에서 비명이 터졌다. 진행 요원이 달려오고 의료진이 출동했다.

"제세동기, 제세동기!"

닥터가 악을 썼다. 응급상황이었다. 골퍼의 심장이 멎은 것이다. 제세동기가 오는 동안 의사가 CPR을 시도했다. 제세동기가 도착하자 재빨리 작동에 들어갔다.

팡팡!

몇 차례 시도해 보지만 선수는 미동도 없었다.

"앰뷸런스, 앰뷸런스 불러요! 이대로 안 되겠어요!"

의사가 진행 요원에게 외쳤다.

"잘 좀 해봐요! 빌런은 이 경기 포기할 수 없어요!"

캐디가 의사에게 소리쳤다.

"뭘 잘합니까? 이대로 두면 목숨이 위태롭다고요."

"빌런은 각오하고 왔습니다. 이 대회가 마지막입니다. 그린에서 죽을 각오로 출전했다고요."

"닥쳐요. 그는 병원으로 가야 합니다."

의사가 캐디를 밀었다.

"저 골퍼… 은퇴를 앞두었나? 뭔가 사연이 있나 보군요?"

류수완이 중얼거렸다.

"아는 사람인가요?"

"한때는 굉장한 사람이었죠. 오랫동안 투병한다는 말이 있어 은퇴한 줄 알았는데 대회에 나왔네요."

그사이에도 캐디는 완강했다. 그러나 점점 경련이 심해지는 골프 선수.

"잠깐만요."

윤도가 상황 속으로 뛰어들었다.

"뭡니까?"

의사가 눈빛을 쏘며 물었다.

"코리아 닥터입니다. 제가 CPR 전문가입니다만."

이번에는 살짝 오버를 곁들였다. 다른 말보다 빠르게 먹힐 것 같다는 판단 때문이다.

"아, 그렇습니까?"

"잠깐 도와도 될까요?"

"그러시죠."

의사가 자리를 비켜주었다. 일단은 곡지혈과 심수혈을 엄지로 깊이 자극했다. 그런 다음 족삼리와 태충혈, 합곡혈을 강하게 자극하자 빌런이 꿈틀 반응했다.

"소생하고 있어요!"

진행 요원이 소리쳤다. 거기서 윤도가 장침을 뽑았다. 옷은 류수완이 벗겨놓았다. 윤도의 침은 거침없이 사관혈을 열고 곡지혈과 족삼리혈로 들어갔다. 곡지에 이어 족삼리에서 침감을 더하자 골퍼의 흉곽이 움직이기 시작했다.

"숨을 쉽니다."

이번 목소리는 캐디였다. 윤도는 침감 조절을 계속했다. 그러자 골퍼의 숨소리가 조금씩 정상으로 돌아왔다.

"빌런이 깨어납니다!"

캐디가 갤러리 쪽을 향해 외쳤다.

"와아아!"

함성과 함께 박수가 터져 나왔다. 소리와 함께 빌런이 눈을 떴다.

"빌런!"

감격에 겨운 캐디가 그를 껴안았다.

"공은?"

골퍼가 물었다.

"당연히 들어갔지. 한 타 줄였다고."

"이분들은?"

골퍼가 고개를 들었다. 그 앞에 선 윤도와 류수완, 의사와 간호사 때문이다.

"심장이 잠시 정전되었지 않나? 여기 코리아 닥터께서 바로 불을 켜주었네! 자네가 줄리앤과의 약속을 지키라고 말일세!"

캐디가 소리쳤다.

"당신이……."

빌런의 시선이 윤도와 마주쳤다.

"심장 혈관이 좋지 않더군요. 보아하니 알고 있는 것 같은데 왜 이런 무리를?"

윤도가 물었다.

"매사추세츠 병원에 입원 중이라 수술 날짜를 받아놓고 있다오. 우리 닥터 말이 내 심장 수술이 대수술이라 다시 골프

치기 어렵다기에 그전에 도망을 나왔다오. 이 대회에 특별한 사연이 있어서……."

"목숨보다 특별할까요?"

"코리아라면 동양 사람……. 혹시 보이십니까? 저기 갤러리 맨 앞줄에 서 있는 일곱 살 소녀 줄리앤."

'소녀?'

윤도가 시선을 옮겼다. 갤러리 중에 소녀는 없었다.

"자세히 보면 보일 겁니다. 노란 리본 달린 옷을 입고 엄지를 치켜세우고 있는……."

"빌런……."

옆에 있던 캐디가 눈시울을 붉히더니 빌런을 대신해 이야기를 이었다.

"소녀는 우리 빌런의 1호 팬입니다. 그가 신인 데뷔전으로 참가한 대회가 이 대회였어요. 그때 줄리앤을 만났죠. 1라운드부터 실수 연발이었는데 줄리앤만은 그에게 엄지를 세워주었습니다. 비웃지 않은 유일한 갤러리였죠. 그게 위로가 되어 이후 라운드는 제대로 돌았답니다. 그러다 여기 악명 높은 16번 홀에서 다시 엄청난 실수를 했어요. 모든 갤러리가 야유를 보냈지만 야유하지 않은 유일한 갤러리는 줄리앤뿐이었습니다. 그 대회에서 빌런은 당당하게 3위에 입상했습니다. 시상식 날 그녀를 만났는데 뜻밖에도……."

이야기하던 캐디의 콧날이 시큰해졌다. 그제야 알았다. 골퍼가 말하는 게 현실이 아니라는 걸.

"선천성 장애를 가진 아이였습니다. 그 후로 소녀와 트위터로 계속 연락을 했지요. 소녀가 말했습니다. 10년 후 자기가 열일곱 살이 되는 해에 이 대회에 꼭 참석해 달라고. 열일곱의 의미는 목숨이었습니다. 그녀가 가진 장애는 길어야 열일곱이 끝이라더군요. 그러니까 그녀가 그때까지 살아 있으면 한계를 뛰어넘는……."

"……."

"지지난해에 죽었어요. 공교롭게도 빌런의 심장에 문제가 생긴 해였죠. 의사들 역시 빌런의 골프 대회 참가를 말렸지만 이 대회만은 포기할 수 없었어요. 줄리앤이 저기 갤러리 틈에서 엄지를 세우며 응원할 걸 알기에……."

캐디의 설명이 끝났다. 몸을 추스른 빌런이 진행 요원들에게 경기를 계속하겠다는 의사를 밝혔다. 난처해진 진행 요원들이 의사를 바라보았다. 의사는 윤도에게 시선을 건넸다. 윤도가 구한 환자이기 때문이다.

"심장 문제라면 제가 돕겠습니다. 라운딩이 끝날 때까지 지켜보도록 하죠."

"뭐 그렇다면……."

윤도의 답이 나오자 의사가 OK 사인을 냈다. 손을 번쩍 들어 보인 빌런이 다음 홀을 향해 걸었다. 갤러리들은 구름 박수로 빌런을 응원했다.

빌런은 결국 대회를 마쳤다. 스코어는 12위였다. 대회 측은 그에게 특별상을 수여했다. 기념패를 받은 빌런은 소녀와 처음 만난 자리에 기념패를 놓았다.

"고맙습니다."

빌런이 윤도에게 정식 인사를 해왔다.

"짜릿한데요?"

호텔로 돌아오며 류수완이 말했다.

"그러네요."

"이거 아무래도 우리가 여기서 대박 낼 징조 같습니다."

"어째서요?"

"공항에서는 액땜을 했고 산책길에서도 한 건 제대로 올리고… 이게 다 길조가 아니면 뭐겠습니까?"

"길조는 나중에 찾고 식사부터 하죠? 슬슬 허기가 지는데요?"

"아, 선생님이 쏜다고 했죠?"

"예."

"그것 보세요. 이게 길조 아니면 뭡니까? 미국 도착 첫 식사부터 공으로 먹게 되니……"

"저는 공이 아니라 정당한 노력으로 번 돈인데요?"

"아, 그렇군요. 죄송합니다."

류수완이 정정했다.

"조크입니다. 다들 깨워서 식사하러 가시죠."

윤도의 걸음이 빨라졌다.

*   *   *

매사추세츠 병원.

푸른 잔디 앞에 펼쳐진 외관은 기막히게 수려했다. 하지만 병원 안에서의 비즈니스까지 수려하지는 않았다.

한 시간, 두 시간……

회의실로 안내받은 윤도 팀의 대기 시간이 길어졌다. 원래는 아침 회진이 끝나고 신경정신과 스태프들과 만나기로 했다. 하지만 병원이다 보니 돌발 상황이 많았다. 닥터들 호출도 그랬다. 누구는 상담 때문에 불려가고 또 누구는 수술실에서 긴급 호출을 받았다. 그러다 보니 윤도네 차례는 자연 밀리는 수밖에 없었다. 게다가 이 미팅은 윤도 측이 '을'이고 병원이 '갑'이다. 매사추세츠 병원이 아쉬워서 부른 게 아니라 신약 홍보를 위해 날아온 것이다.

병원.

더구나 미국 최대 병원 중 하나.

소위 약 로비와 홍보차 들어오는 제약사가 한둘이 아니었다. 게다가 글로벌 제약사도 아니고 듣보잡 동양의 제약사이다. 병원이 신약을 채택해 주면 북미 시장 개척에 날개를 달 판. 그렇기에 이들의 상황에 맞출 수밖에 없었다.

"닥터 그리핀인데 돌발 환자 때문에 늦어진다는군요."

미국행을 주선한 닥터와 통화한 제임스가 난감한 표정을 지었다. 류수완 역시 라인을 통해 상황을 알아보지만 병원 사정상 어쩔 수 없다는 답변만 돌아왔다.

'역시 미국은 쉽지 않군.'

담담한 표정의 윤도도 내심 달갑지 않았다. 단숨에 신약 원리와 효과의 위력을 떨쳐보려던 생각에 피로감이 쌓여갔다.

첫날은 그렇게 발길을 돌렸다. 기다린 시간만 무려 6시간이었다.

다음 날도 대동소이했다. 신경정신과 수석 레지던트가 다녀갔지만 그뿐이었다. 잠시 후에 다시 스케줄을 잡겠다던 말은 구두선에 불과했다.

째깍째깍!

또다시 초침이 쌓이기 시작했다.

조선시대 임상옥의 인삼 거래가 떠올랐다. 중국 업자들의 담합으로 개무시를 당한 임상옥. 극약 처방으로 대로에 인삼을 쌓아놓고 불을 질러 버렸다. 그 소문을 듣고 달려온 중국 업자들, 경악하고 두 손을 들었다. 그들은 결국 불에서 무사한 인삼을 서너 배의 값으로 사들여야 했다. 마음 같아서는 그렇게라도 해서 주의를 환기시키고 싶었지만 여기 사정은 달랐다. 치매 신약을 병원 앞에 쌓아놓고 불을 지른다고 해도 달려올 건 소방차뿐이었다.

"차 이사."

시간이 길어지자 류수완이 차 이사를 바라보았다.

"오늘도 힘들겠는데요?"

대답하는 차 이사의 표정도 밝지 않았다.

"그럼 내일이라고 밝아질 것도 없지 않습니까?"

"그게……."

차 이사가 고개를 숙였다. 그때 윤도가 자리에서 일어섰다.

"어딜 가시려고?"

류수완이 물었다.

"제가 잠깐 착각했나 봅니다."

"……?"

"뉴잉글랜드 저널 오브 메디슨, 굉장하지요. 하지만 미국 의학자들에게는 그렇게 대단한 게 아닐 수도 있지 않을까요? 미국 의학자들은 거기에 자주 나올 테니까요."

"……!"

"치매 신약도 마찬가지입니다. 어쩌면 다른 오리지널을 가지고 있는 경쟁 제약사에서 비즈니스를 펼쳤을 수 있습니다. 기회라는 거, 우리가 독점하고 있는 게 아닐 수 있다는 겁니다."

"채 선생님."

"그렇다면 앉아서 기다릴 게 아니라 기회를 찾아나서는 게 옳지 않을까 합니다."

"……!"

윤도의 선언에 모두가 하얗게 굳어버렸다.

미국 전역에 걸쳐 최상위권으로 평가되는 매사추세츠 병원. 그렇다면 세계적으로도 당연히 최상위권이다. 동네 병원이 아닌 다음에야 복도로 나가서 뭘 어쩐단 말인가? 지나가는 환자를 붙잡고 호객 의료라도 한단 말인가?

하지만 류수완은 윤도와 통했다. 그는 군말 없이 자리를 털고 일어섰다.

"가시죠."

문까지 열어주는 류수완이다.

복도로 나온 윤도는 병원 안내도를 숙지했다.

"저는 뭘 도울까요?"

정나현이 다가와 물었다.

"병원에서 사망한 사람이 나가는 통로를 알아오세요."

윤도의 지시를 받은 정나현이 간호사 데스크로 달렸다.

"2번 출구의 후문 쪽이랍니다."

그녀는 바로 결과를 가져왔다. 윤도가 그쪽으로 걸었다.

"어쩌시게요?"

차 이사가 물었다.

"여기 의사들에게 가장 크게 어필할 수 있는 게 뭐가 있을까요? 난치병을 고치거나 불치병을 고치는 거겠죠?"

"그야……."

"그보다 더 큰 게 있습니다."

"……?"

"죽은 환자를 살려내는 거죠."

"죽, 죽은 환자?"

"물론 운이 닿아야 합니다. 게다가 진짜로 죽은 사람은 살릴 수 없지요. 하지만 의학적 사망 선고가 나왔더라도 실오라기 같은 목숨이 남아 있다면 가능할 수 있습니다."

"채 선생님……."

"어차피 도전 아닙니까? 기왕 도전하는 거라면 통 크게 도전해 보자고요."

윤도가 선언했다. 윤도의 일행은 고압에 감전이라도 된 듯 숨조차 크게 쉬지 못했다.

Waiting.

기다리는 걸 좋아할 사람은 없다. 더구나 기약도 없는 기다림. 사망자 통로로 나온 윤도의 발에도 초침이 쌓여갔다.

한국이라면 사체 안치실 앞에서 기다리면 될 일. 하지만 미국의 장례 문화는 한국과 달랐다. 한국은 사망자가 나오면 닥치고 장례식장이다. 시신 운구차가 달려와 이동하더라도 역시 장례식장이다.

미국에서는 Funeral home이 이 역할을 하고 있다. 그들은 고인에게 화장도 하고 정장도 입힌다. 많은 경우의 장례식이 즐겁게 진행된다. 평소 고인이 한 말이나 함께 공유하고 싶은 이야기를 가족 중의 누군가가 소개하면서 장례식을 즐겁게 이끈다. 퓨너럴 홈에서 장례식을 마치고 묘지에 가서 시신을 묻으면 끝이다.

가는 날이 장날이라고 사망자가 나오지 않았다. 기회조차 가질 수 없는 윤도였다.

길은 다른 곳에서 열렸다. 그걸 물어온 건 정나현이었다. 촉이 빠른 그녀답게 윤도의 옆에서 시간을 낭비하지 않았다. 그녀는 윤도의 능력이 발휘될 수 있는 또 하나의 장소를 알고 있었다. 바로 응급실이었다.

"원장님!"

케이스를 잡은 정나현이 달려오며 소리쳤다.

"응급실 쪽으로 가보세요."

"응급실이요?"

"자액사 환자가 둘 실려 왔는데 둘 다 사망 판정이 내려졌어요."

"……!"

자액사(自縊死)라면 목을 매 자살한 사람이다. 윤도는 뒤도 보지 않고 달렸다. 그러나 응급실 앞에서 막혔다. 미국의 응급실 관리는 철저했다. 외부인이 마음대로 들어갈 수 없었다. 별수 없이 보호자를 찾았다. 잠시 후 사망자 하나가 실려 나왔다. 애도를 표하는 척 사망자 시트 위로 손을 올렸다.

"목을 맨 지 얼마나 되었죠?"

시신을 운구하는 직원에게 물었다.

"열 시간 가까이 된 모양입니다."

그사이에 엘리베이터가 열렸다. 기회를 엿보던 윤도의 손이 흰 시트를 들추고 시신의 복부로 들어갔다.

"……!"

윤도의 피가 확 달아올랐다.

"저기요……."

운구차를 기다리는 사이에 보호자에게 말을 건넸다.

"남편 되시나요?"

"예……."

"안타깝습니다."

"최근 실직 문제로 고민하더니 이렇게 허망하게……."

"죄송하지만 이분은 아직 죽지 않았습니다."

"뭐라고요?"

보호자가 격하게 반응했다.

"죽은 거 같지만 아직은… 제가 코리아 닥터입니다."

"코리아 닥터?"

"죄송하지만 침을 한 방 쓸 수 있게 해주시겠습니까? 동양의 기 아시죠? 목숨을 가로막은 사기를 풀어주면 남편께서 살아날 수 있습니다."

"이봐요."

옆에 있던 정나현이 핸드폰 화면을 들이밀었다. 뉴잉글랜드 저널과 도쿄의 기사, 베이징 기사까지 쭉쭉 넘어갔다. 한글은 모르지만 윤도가 의사라는 증명으론 충분했다.

"고인께 위해를 가하려는 게 아닙니다. 이분은 아직 살아있습니다."

"그걸 어떻게 알죠? 응급실 닥터들이 이미 사망 선고를 내렸어요."

"여기… 여기를 만져보세요."

윤도가 시신의 명치를 가리켰다.

"아직 미온이 남아 있을 겁니다. 숨이 끊긴 것 같지만 죽지는 않았습니다. 그러니……."

"······!"

남편 사체의 명치 아래에 손을 넣은 중년 부인이 고개를 갸웃했다.

"그런 것 같기도 하고요."

"머리에 침 한 방이면 됩니다."

윤도가 장침을 꺼내 보였다. 정나현은 관련 이미지를 검색해 화면으로 보여주었다. 중년 부인이 망설일 때 구세주가 나타났다. 골프장에서 본 골프 선수 빌런이었다.

"어, 선생님."

빌런이 반가이 다가왔다.

"여기서 또 만나는군요. 덕분에 대회 잘 치렀습니다."

"별말씀을… 이제 수술하시러 온 모양이죠?"

"예."

인사를 나누는 사이에 중년 부인의 눈빛이 변했다. 뉴스 때문이다. 빌런의 골프 대회 뉴스가 훈훈한 미담으로 나온 것이다.

"그 뉴스에 나온 신기한 의사라는 분이?"

중년 부인이 빌런에게 물었다.

"네, 이분이 그분입니다."

그 말을 들은 중년 부인은 결단을 내렸다.

"좋아요. 딱 한 번만이에요."

허락과 동시에 윤도의 침이 백회혈을 겨누고 들어갔다.

백회혈!

원래는 몇 혈자리를 찔러야 했다. 하지만 그렇게까지 허락할 리 없었다. 그렇기에 윤도는 백혈이 모인다는 백회혈에서 승부를 보려는 것이다. 그사이에 운구차가 도착했다. 직원들이 차에서 내리는 게 보였다. 정나현의 속이 타들어가기 시작했다. 윤도가 그렇다면 그런 것. 시간만 보장되면 어떤 결과가 나올지 아는 그녀였다. 하지만 낯선 미국 땅에서 한의사의 위상은 한국과 달랐다.

운구 직원들이 가까워졌다. 돌아보니 윤도는 아직 침감을 조절 중이었다. 기지를 낸 정나현. 다가오는 운구 직원들 앞에서 이마를 짚으며 무너졌다.

"이봐요!"

죽은 사람보다야 산 사람이 우선. 운구 직원들이 정나현을 부축해 일으켰다. 두 남자에게 은근히 매달린 정나현은 더욱 늘어지며 시간을 끌었다.

그 순간, 중년 부인의 비명이 병원을 흔들었다.

"허니!"

비명을 들은 정나현이 운구 직원을 밀치고 뛰었다.

"원장님!"

"살았어요! 맥이 돌아오고 있어요! 와서 도와줘요!"

윤도가 소리쳤다.

"어떻게 해야 하나요?"

"환자의 머리카락을 잡아당겨요! 다 빠질 정도로!"

윤도의 지시가 떨어지자 정나현이 시신의 머리카락을 움켜쥐었다.

"허니!"

"당신은 가서 이 병원 닥터들 데려와요! 환자가 살아났다고!"

윤도가 중년 부인을 다그쳤다. 그러는 사이에도 윤도의 손은 가슴을 눌러대고 있었다.

"......!"

응급실이 당장 뒤집혀 버렸다. 의사 세 명이 사망 판정을 내린 환자. 그 환자가 응급실을 나간 지 10여 분만에 살아서 돌아온 것이다. 바이탈 사인을 보면서도 의사들은 고개만 저었다. 아까는 침묵하던 바이탈 사인이 활기찬 그래프를 그려대고 있었다.

"당신······."

닥터 하나가 윤도를 돌아보았다.

"이 병원 정신신경과에 초대받은 코리아 닥터입니다! 뭘 보고 있어요? 항문을 막아야 하니까 도와주세요!"

"항문?"

"항문이 벌어져 기가 나가면 끝장입니다! 거즈 좀 갖다 주고요!"

세 닥터를 향해 윤도가 악을 썼다. 닥터들이 황당해하는 사이 간호사가 거즈를 가져왔다. 윤도가 그것으로 환자의 항문을 막았다.

"또 한 사람 있죠? 자액사, 아니, 목을 매고 자살한 사람!"

"저쪽에……"

닥터가 구석을 가리켰다. 얼굴까지 시트로 덮인 걸 보니 진단은 묻지 않아도 알 것 같았다.

"제가 잠깐 진찰해 봐도 되겠어요?"

"그러세요."

얼떨결에 닥터의 허락이 떨어졌다. 윤도가 시신을 살폈다.

"이 사람은 목맨 지 얼마나 되었나요?"

"다섯 시간 정도 되었다고 합니다."

간호사가 대답했다. 윤도는 닥치는 대로 거즈를 잡았다. 그런 다음 환자의 코와 입을 두툼하게 막았다. 그것으로도 모자라 시트까지 당겨 사망자의 얼굴을 덮고 눌렀다. 놀란 간호사가 제지하려 했지만 윤도는 꿈쩍도 하지 않았다. 간호사는 바로 닥터를 끌고 왔다.

"이봐요!"

돌발 상황에 놀란 닥터가 눈을 부라렸다. 환자 하나를 살린 건 놀라운 일이었다. 하지만 지금 윤도가 하는 행동은 망자의 존엄을 해치는 일이었다. 지시를 받은 응급실 직원 둘이 달려와 윤도를 제압했다.

"잠깐만, 잠깐이면 된다고!"

윤도가 악을 쓰자 빌런이 거들고 나섰다.

"조금만 지켜봅시다. 이분이 골프장에서 나를 살려준 코리아 닥터예요."

빌런의 말에 닥터가 반응했다. 나중에 안 일이지만 이 병원 의사 몇이 빌런에게 레슨을 받은 적이 있었다. 이 닥터와 원장 등이 그 부류에 속했다. 그렇기에 닥터는 골프장 사건을 잘 알고 있었다. 다만 그 한의사가 윤도인 것을 몰랐을 뿐이다. 그 순간 사망자의 하체가 들썩 움직였다.

"……!"

놀란 직원들이 윤도에게서 물러섰다. 이 무슨 해괴망측한 일인가? 죽은 사람 엉덩이가 들썩거리다니? 그래도 윤도는 누르기를 그치지 않았다. 이제는 망자의 손까지 부들거렸다. 그제야 시트를 벗기고 거즈를 치워주는 윤도였다.

"푸하!"

망자는 물속에서 나온 사람처럼 거친 호흡을 토해냈다. 숨을 막아 숨을 재생시키는 법. 동의보감에 나오는 고전적인 회생법의 하나이다.

"됐어! 이제 당신들 마음대로 해!"

윤도가 닥터들을 향해 소리쳤다. 응급실 전체를 압도하는 목소리였다.

"Oh my God!"

"Alas!"

여기저기에서 탄식이 새어 나왔다. 사망 진단이 내려진 두 사람이었다. 바이오리듬이 완전히 작살난 환자들. 그런 사람을 살려냈다. 전통을 자랑하는 매사추세츠 의료 팀의 의술이 아니라 동양의 이방인이었다. 그들은 응급실을 걸어나가는 윤도에게서 차마 시선을 거두지 못했다.

'오나가나……'

윤도의 미간이 과격하게 접혔다. 권위란 대체 무엇인가? 그게 사람 목숨보다 중하단 말인가? 이런 일은 언제 당해도 치가 떨렸다.

사람 목숨…….

그렇게 간단한 게 아니었다. 목을 맨 사람이 12시간을 넘지 않았다면, 명치 아래에 온기가 있다면 살려낼 수 있었다. 물에 빠져 죽은 사람도 하루가 지나지 않았으면 살릴 방법이 있었다. 추운 곳에서 얼어 죽은 사람과 굶어 죽은 사람도 마찬가지였다. 물론 모든 한의사가 그런 능력을 지닌 건 아니었다. 하지만 매사추세츠 응급실에 있는 건 윤도였다. 대한민국 국가 대표 한의사 채윤도.

"채 선생님!"

윤도가 돌아오자 류수완과 제임스 등이 환호했다. 그들도 지켜보고 있었기 때문이다. 윤도는 뿌듯한 기색도 없이 짐을 꾸렸다.

"가시게요?"

제임스가 물었다.

"Yes!"

윤도가 한마디로 대답했다.

"왜요? 병원에 실력을 선보였으니 이제 곧 신경정신과 닥터들이 달려올 겁니다."

"그래서 가겠다는 겁니다."

"예?"

"제가 만든 치매 신약은 당당합니다. 하지만 이 병원은 우리를 홀대하고 있지요. 이런 대우를 받으면서 비굴하게 신약의 진료 시범을 보이고 싶지 않습니다."

"채 선생님……."

윤도의 선언에 류수완과 차 이사가 사색이 되고 말았다. 하지만 류수완은 윤도를 이해했다. 윤도는 최선을 다했다. 윤도의 실력이라면 다른 병원을 찾아도 될 것 같았다. 그렇기에 그도 군말 없이 약품 가방을 집어 들었다.

"갑시다. 우리는 명약을 소개하러 왔지 형편없는 약을 사달라고 구걸하러 온 게 아닙니다. 그러니 채 선생님 말이 백번 맞습니다."

"……."

차 이사는 입을 다물었다. 제임스도 이의 제기를 할 수 없는 상황이었다.

"가시죠."

이번에도 류수완이 문을 열어주었다. 윤도는 당당하게 복도로 나섰다. 그 뒤로 류수완과 일행이 따라 걸었다. 이제 윤도의 걸음은 시원시원했다.

때앵!

엘리베이터가 멈췄다. 문이 열리자 그 안에 한 무리의 의료진이 보였다. 신경정신과 스태프들과 병원 원장이었다. 응급실의 소식을 전해 들은 신경정신과 수석 닥터. 그길로 상황을 확인했다. 그제야 윤도의 가치를 확인한 그. 부랴부랴 스태프들을 소집해 달려오는 길이었다.

원장도 그랬다. 닥터 세 명이 사망자로 판단한 두 사람을 살린 동양의 한의사. 그 실력이 궁금해 합류한 차에 윤도 일행을 만난 것이다.

"제임스!"

닥터 그리핀이 제임스를 반겼다. 그는 신경정신과의 치프

레지던트로 윤도 초대를 추진한 사람이었다. 그러나 윤도는 이미 그들을 지나 엘리베이터에 오르고 있었다.

"늦었소."

제임스가 대표로 스태프들에게 말했다.

"What?"

"늦었다고요. 우리 닥터 채는 오라는 곳이 많습니다. 그런 사람을 어제오늘 합쳐 11시간이나 기다리게 했어요. 당신들은 복을 차버린 겁니다."

제임스도 엘리베이터로 들어갔다. 문은 냉정할 정도로 정확하게 닫혀 버렸다.

"이봐요, 제임스!"

그리핀이 소리치지만 엘리베이터는 그대로 하강해 버렸다.

"원장님."

그리핀이 원장을 돌아보았다.

"관리 팀에 전화해요."

원장의 명령이 떨어졌다.

소리가 나지 않았다. 1층이다. 내려가던 엘리베이터가 멈췄지만 문이 열리지 않았다.

"뭐야?"

차 이사가 버튼을 눌러댔다. 엘리베이터는 꿈쩍도 하지 않았다.

"고장인가 본데요?"

차 이사가 류수완을 바라보았다. 그가 몇 번이고 더 버튼을 눌러대자 그제야 문이 열렸다.

"……!"

1층 복도가 시야에 들어왔다. 윤도가 시선을 멈췄다. 거기에 조금 전과 같은 상황이 연출되고 있었다. 엘리베이터 앞에 원장과 스태프들이 도열해 있는 것이다. 두 무리의 위치는 바뀌었지만 다를 게 없었다. 아니, 다른 것이 있기는 했으니 분위기가 그랬다.

윤도의 앞으로 원장이 한 발 나섰다.

"어제오늘 돌발 환자가 많아 결례를 저지른 것 같습니다. 이대로 보내면 저희 병원 이미지도 있고 하니 한 번만 양해를 부탁드립니다."

원장이 정중하게 청했다.

"부탁합니다."

신경정신과 수석 닥터도 원장을 뒤따랐다.

"부탁합니다!"

그리핀과 스태프 닥터들 역시 고개를 숙이며 예를 갖추었다.

"채 선생님."

류수완이 윤도를 바라보았다. 처분을 기다리는 것이다.

"덕분에 저희 스케줄이 다 꼬이게 되었습니다. 죄송하지만 앞으로는 저희 일정에 맞춰주겠다고 약속하시면 한 번은 양해해 드리겠습니다."

윤도는 한 발도 물러서지 않았다.

"원장으로서 약속합니다."

원장이 보증을 하고 나섰다.

"그렇다면 지금 당장 스케줄 진행을 요청합니다."

"들었나?"

원장이 신경정신과 수석 닥터를 바라보았다. 그것으로 긴 줄다리기는 종지부를 찍었다.

7. The Korea Doctor

화면에 혈자리가 나왔다. 인체 경혈도였다. 윤도가 신약의
작용 기전을 간단히 설명했다. 한의학에는 각 질환에 따른 혈
자리가 존재한다. 치매에도 당연히 치료 혈자리가 있었다. 그
중에서 표준으로 정한 혈자리 다섯과 다음 빈도로 활용되는
세 개의 혈자리를 포인트로 삼았다. 신약은 혈자리 인근의 세
포에 특이 반응을 일으키며 침을 맞는 효과를 보게 한다. 그
원리의 중심에는 활성산소가 있었다. 그건 양방이나 한방이
다를 게 없었다.

활성산소.

이름만 보면 근사해 보인다. 하지만 알고 보면 깽판 깡패와 다르지 않았다. 원래 인체가 사용하는 산소는 두 개의 산소 원자가 안정적인 모양을 유지하는 무해한 구조이다. 그런데 사람이 많다 보면 선한 사람과 함께 악한 사람도 있듯이 산소에도 두 얼굴이 있었다. 육체가 산소를 이용해 에너지를 만들다 보면 부수적으로 아주 불량한 산소가 생성되기도 하는 것이다.

이는 불완전연소 때 나오는 매연과도 같아 인체의 중요한 물질들을 괴롭히고 변형시키는 깽판 행태를 자행한다. 활성산소는 불안정한 자신을 안정시키려고 세포핵 속의 유전자를 비롯해 지방 성분, 단백질 등을 불안정한 형태로 산화시켜 버리기 때문이다.

이런 산화가 축적되면 암이 되기도 하고 노화나 각종 성인병의 발생, 진행을 촉진하는 요인이 된다. 그러므로 지구상의 생명체들은 활성산소를 제거하거나 최소화할 수 있는 항산화 물질과 효소를 갖추게 되는 방향으로 진화해 왔다.

치매 역시 활성산소의 부작용이 문제가 되고 있었다. 특히 혈관성 치매가 그렇다. 혈관성 치매의 키포인트라 할 수 있는 해마 신경세포는 활성산소에 특별히 취약하다. 활성산소는 지방과 DNA 산화를 통해 해마의 신경세포 사멸을 유도한다. 혈관성 치매는 이런 기전으로 발생되고 있었다.

혈자리 중에서는 '신궐'과 '관원혈'이 항산화 작용에 탁월하다. 이곳을 자극하면 면역 기능이 증가되어 각종 질병 예방이 가능하다. 치매 신약의 혈자리는 이 두 혈을 기반으로 신문혈, 내관혈, 백회혈 등의 다섯 혈, 거기에 인체 기혈의 조화를 이루는 세 혈자리를 추가해 총 10여 개 혈자리에서 반응하는 것으로 치매를 공략하는 원리를 가졌다.

전체적으로는 치매 치료뿐만 아니라 기혈의 조화로 뇌신경 활성화까지 추구하는 약효였다.

설명이 끝났지만 원장 이하 스태프들의 반응은 그리 살갑지 않았다.

10여 개의 혈자리.

윤도가 화면을 짚으며 설명했다. 하지만 현대 의학의 개념으로는 뜬구름 잡기에 불과한 일이었다.

"추가 설명은 뉴잉글랜드 저널 오브 메디슨의 게재문으로 대신하고 환자 치료로 설명에 가늠할까 합니다."

윤도가 전격 선언했다. 원장과 닥터들 앞에 주어진 건 뉴잉글랜드 저널의 기사 복사문이었다.

오리엔탈 닥터 채윤도.

황당.

닥터들은 두 단어 사이에서 헤매고 있었다.

미국에서 한의사에 대한 표현은 많았다. 한의사에 대한 규정은 주마다 차이가 있기도 했다. 닥터들이 아는 정식 명칭은 L.Ac였다. 이외에 Oriental Medicine Practitioner, Licensed Oriental Medicine Practitioner(L.O.M.), Diplomate of Acupuncture and Chinese Herbology 등으로도 불렸다.

동양의학.

미국 의사들의 일부는 그 의술을 호기심 어린 시선으로 바라보았다. 그러나 아직 직접 접할 기회는 많지 않은 매사추세츠의 신경정신과 닥터들. 응급실 사건을 보고받고 충격에 휩싸였지만 혈자리 설명을 들으니 다시 황당해질 뿐이다.

"이제 환자에게 안내해 주시겠습니까?"

윤도가 말했다. 사정이 아니라 요구였다.

"준비는?"

수석 닥터가 그리핀을 바라보았다.

"지금쯤 설명이 되었을 겁니다."

"가시죠."

그리핀의 보고를 들은 수석 닥터가 대답했다.

탁!

윤도가 나가고 문이 닫혔다. 그제야 류수완과 차 이사는 긴 숨을 내쉬었다. 제임스와 여직원도 그랬다.

"채 선생님, 엄청난 내공이군요."

제임스가 혀를 내둘렀다.

"그렇죠?"

류수완이 이마의 땀을 닦으며 말했다.

"저는 간이 다 쪼그라드는 줄 알았습니다. 간단하게 분위기를 장악해 버리다니……."

차 이사 역시 혀를 내둘렀다.

"간단하게가 아니네. 차 이사와 제임스, 이번 일에 대해 깊이 반성해야 할 거야."

류수완의 목소리에 힘이 실렸다. 비즈니스에 만반의 준비를 갖추지 못한 두 사람에 대한 완곡한 질책이었다.

"죄송합니다. 닥터 그리핀이 호의적이라 믿고 있던 까닭에……."

"그렇더라도 점검하고 또 점검했어야지. 공항에서부터 이게 무슨 망신인가? 채 선생이 스스로 분투하지 않았더라면 그냥 보따리를 쌌을 판이야."

"면목 없습니다."

차 이사와 제임스가 고개를 숙였다. 입이 열 개라도 할 말이 없는 그들이다.

"이제부터라도 정신 바짝 차려요. 우리만 오리지널이 아닙니다. 북미 시장 개척이 그렇게 간단하면 누군들 여길 입성하지 못했을까요?"

류수완이 쐐기를 박았다.

그 시간, 윤도는 첫 환자의 병실에 입실했다. 여자 환자였고 나이가 많았다. 환자는 약간 몽롱한 시선으로 허공을 보고 있었다.

"알츠하이머성 치매입니다. 발병한 지는 2년 정도 되었습니다. 처음에는 급성 치매로 시작해 조금 심각했지만 꾸준한 약물 치료와 작업 치료 병행으로 많이 호전된 상태입니다. 다만 아직도 약물 기운이 떨어지면 치매 증세의 발현이 여전한 환자입니다."

그리핀이 설명했다. 그 뒤로 수석 닥터와 원장, 기타 스태프들이 주목하고 있었다.

"슐츠."

윤도가 수석 닥터를 바라보았다. 그의 이름은 명찰에서 알 수 있었다.

"말씀하시죠."

"저는 이런 경우를 여러 번 겪었습니다. 테스트 말입니다. 여러분도 다르지 않겠지요?"

"무슨 말씀이신지……?"

"코리아 닥터, 여러분은 오리엔탈 닥터로도 아시겠지만 그들의 치료법, 음양과 기혈 작용 말입니다. 현대 의학과 갈래가 다르니 눈으로 직접 보셔야 믿을 것 아닙니까?"

"……"

"그러니 제가 묻겠습니다. 이 환자 말입니다. 당장 현격한 호전을 보여 드릴까요, 아니면 기본부터 시작해서 완벽하게 벗어나게 할까요?"

"……"

슐츠는 대답하지 않았다. 원래는 윤도를 만나 진료의 안전성과 신뢰성부터 확인하려 했다. 그러나 일이 꼬이면서 그걸 주장할 수 없게 되어버렸다.

"알겠습니다. 현격한 호전으로 가죠."

"지금 당장 여기서 결과를 보여주겠다는 겁니까?"

그리핀이 물었다.

"그렇습니다. 지금 그걸 바라는 거 아닙니까?"

"아, 아무리 그렇기로……."

"그런지 아닌지는 바로 알게 될 겁니다."

"무리는요? 무리는 없는 겁니까?"

"저도 의술을 하는 사람입니다. 환자를 담보로 쇼를 하지는 않습니다."

답변한 윤도가 환자의 맥을 잡았다. 78세의 여자…….

"……!"

오장육부를 점검하던 윤도의 시선이 환자의 복부로 옮겨갔다.

"이 환자, 다른 질병은 무엇이 있습니까?"

"치매에 위하수, 녹내장과 고혈압, 변비와 소화불량입니다."

레지던트가 대답했다.

"그 외에 다른 중병은 없습니까?"

"왜 그러십니까?"

"췌장과 비장의 기운이 느껴지지 않아서 그럽니다. 스플렉
토미(Splenectomy)를 했나요?"

스플렉토미는 비장 절제를 뜻한다.

"맞습니다. 이 환자, 췌장암이 있어서 절제 수술을 받았습
니다. 비장 전이 소견으로 함께 적출했고요."

"경과는 어떻습니까?"

"완치입니다. 지난달 관련 파트에서 실시한 확인 검사에서
도 유의 사항 없음 소견이 나왔으니까요."

"……?"

"문제가 있습니까?"

"나중에 말씀드리죠."

치매.

일단 본질부터 공략을 시작했다.

"침!"

윤도가 손을 내밀었다. 정나현이 장침을 내주었다. 약침액
은 신약을 원심 분리시켜 하층부를 사용했다. 신약의 효과 입
증이 필요하기 때문이다.

세 개의 장침이 부드럽게 혈자리를 찾아갔다. 신문혈과 내관혈이다. 또 하나의 침은 당연히 백회혈에 넣었다.

침을 모르는 사람들이니 머리 전체에 침을 넣을 수도 있었다. 때로는 숫자가 경외감을 불러일으킬 수도 있는 까닭이다. 하지만 환자가 우선이다. 환자의 기력이 그리 좋은 편이 아니니 침은 셋으로 족했다. 백회혈에서 침을 감았다. 약침이 퍼지는 게 느껴졌다. 이 순간, 윤도의 마음에는 이미 사심이 없었다. 긴 기다림과 고조된 감정은 진료 과정에서 사라진 지 오래였다.

한껏 조인 침을 한순간에 풀었다. 환자의 시선이 편안해지는 게 보였다.

15분.

윤도는 타이머를 장착하지 않았다. 15분 내내 환자의 기혈을 조절했다. 상초에서 중초, 하초로 내려 보내 전체 조화를 맞췄다. 그걸 두 번 반복했다. 그렇게 회복된 기로 심장을 달랬다.

땡!

마음속에서 타이머가 울렸다. 세 침을 가볍게 발침했다.

"끝났습니다."

윤도가 말했다.

"벌써?"

"뇌파든 뭐든 체크해 보시죠. 다만……."

잠시 좌중을 둘러본 윤도가 또렷하게 뒷말을 이었다.

"검사하는 김에 방광 검사도 같이 부탁합니다. 이 부분에 암 조직이 있는 것 같습니다. 크기는 약 0.5㎜입니다."

윤도가 검지 끝으로 크기를 가늠해 보였다.

"방광 전이란 말씀입니까?"

이번에는 수석 닥터가 반응했다.

"거기까지 맞으면 다음 환자부터는 누구든 한 명만 동행해 주시기 바랍니다. 수많은 사람이 지켜보는 수술이나 진료는 환자의 정서에도 좋지 않습니다. 저는 아까 그 방에서 기다리고 있겠습니다."

윤도가 병실을 나갔다. 정나현이 그 뒤를 이었다.

"허어!"

그리핀이 탄식을 토했다.

"일단 확인부터 해보도록."

원장의 명령이 떨어졌다.

"방광암 검사까지 말입니까? 그건 무시하죠?"

수석 닥터가 의견을 개진하고 들어왔다.

"아니, 둘 다 진행하도록. 응급으로."

"원장님."

"동양에서 온 의사의 기가 너무 살았지 않나? 응급실 일로 체면 정도는 살려줄까 했는데 너무 오버하고 있어. 치매 신약을 선보이려고 왔다면서 주제를 잃은 것 같으니 주제 파악 시켜서 돌려보내자고."

원장이 웃었다. 시린 얼음이 밴 미소였다.

하지만 그 미소는 결코 오래가지 못했다. 응급으로 실시한 각종 검사 결과 때문이다.

"……!"

그리핀에게서 첫 번째 결과를 받아 든 두 사람의 표정이 일그러졌다. 원장과 수석 닥터였다. 사흘 전에 찍은 뇌파 사진과 방금 찍은 뇌파 사진, 두 그림이 아주 달랐다.

"원장님……."

"인지 기능 검사도 했나?"

"간이 검사로 진행하고 있답니다."

"활성산소 검사는?"

"그 또한……."

"으음……."

"뇌파 검사를 다시 시켜볼까요?"

"아니야."

"……."

침묵하는 사이에 인지 기능 검사 결과가 들어왔다. 그 결과역시 굉장한 호전이었다. 그 꼬리를 물고 활성산소 검사치가 올라왔다. 그걸 받아 든 원장이 휘청거렸다.

뇌의 활성산소 검사.

혈관성 치매는 뇌 조직의 손상으로 나타나는 질환이다. 뇌 조직 중에서도 해마의 신경세포 사멸이 치명적이다. 그 해마의 신경세포를 사냥하는 게 활성산소였다. 활성산소가 늘어나면 지방과 DNA 사멸을 통해 신경세포가 죽는다. 그렇기에 이에 관여하는 효소의 활성을 막는 연구가 한참인 상황이다.

그런데 그 활성산소가 현저하게 다운되어 있었다. 거의 동 나이대의 정상에 가까운 결과였다.

"원장님, 이거……."

수석 닥터는 몇 번이고 당혹스러운 표정을 지었다.

대미는 방광암 검사였다. MRI 상에서 의심스러운 메스가 나왔다. 다른 조직에 가린 기묘한 위치. 그러나 윤도가 짚어 준 딱 그 자리였다.

암으로 의심됨.

방사선 닥터의 방점은 너무나 명쾌했다.

"슐츠……."

원장의 목소리가 새어 나왔다.

"예."

"동양인들이 쓰는 말에 '귀인'이라는 단어가 있더군. 아나?"

"중국 영화에서 들은 적이 있습니다."

"호기심이 아니라 귀인이 오셨군."

"……"

"귀인이야……"

원장의 시선이 허공으로 올라갔다. 윤도에 대한 인정이었다.

이때부터 병원의 시각이 180도 변했다. 신약의 효과 입증이 아니라 진료권까지 허락된 것이다.

"잘 부탁드립니다."

수행자로 지정된 그리핀이 예의를 갖춰왔다. 사무적이던 아까와는 다른 태도였다.

"이제 능력 테스트는 끝난 겁니까?"

윤도가 물었다.

"예."

"그럼 앞장서세요."

"어떤 환자부터 신약을 써보시겠습니까? 저희 소관 환자들은 딱 한 명만 빼고 모두 신약 체험에 동의하고 있습니다. 선생님의 응급실 기적을 들었거든요."

"그건 기적이 아닙니다."

"아, 예."

"현재 입원 중인 환자가 몇 명이죠?"

"앞서 본 환자를 포함해 모두 21명입니다."

"그럼 차례차례 돌겠습니다. 동선을 그렇게 잡으세요."

"기준이 없다는 말씀입니까? 질환의 경중이나 환자의 상태……."

"당신들 병원은 사람을 가렸지만 제 신약과 장침은 환자를 가리지 않습니다."

윤도의 대답은 준엄했다. 아픈 곳을 찔린 그리핀이 앞장섰다. 윤도의 본격 진군이었다.

"안녕하세요? 한국에서 온 한의사입니다. 치료 좀 해드릴게요."

환자 앞에서 허락부터 구했다. 멍한 시선의 환자였지만 환자의 권리는 잊지 않았다.

첫 환자는 침 세 방으로 끝을 냈다. 다행히 기혈의 부조화 쪽이었다. 그렇기에 닥치고 시침이었다. 뇌에 가득 찬 사기만을 조절했다. 발침을 하자 벽을 보며 웅얼거리던 노인이 윤도에게 말을 걸어왔다.

"동양인이시네? 차이나? 재팬?"

"코리안입니다."

윤도가 웃으며 답했다. 신약 약침 세 방이 불러온 개가였다.

두 번째 환자는 참관하겠다는 보호자부터 한 방 찔러주었다. 장침을 본 환자가 공포에 질린 까닭이다.

"생각처럼 아프지 않습니다."

윤도의 서비스였다. 보호자의 이해도 의술에 있어 중요한 덕목이다. 아버지의 치매 간병으로 늘 기침이 떨어지지 않던 40대의 딸. 노궁혈에 장침을 찌르자 거짓말처럼 기침이 멈췄다.

"어머!"

딸은 믿기지 않는다는 표정을 지었다.

"아버지의 치매도 그렇게 시원하게 날아갈 겁니다."

윤도가 웃었다. 딸은 더 이상 우려하지 않았다.

이 환자는 오래 걸렸다. 환자에게 딸린 화면을 보니 누워 있는 종합병원이었다. 치매 때문에 신경정신과 병동에 와 있지만 치매만 심각한 게 아니었다.

족삼리와 곡지혈부터 선 조치를 취했다. 환자의 기는 바닥을 지나 지하까지 떨어져 있었다. 그렇기에 윤도의 신침으로도 침으로 인한 졸도가 예상된 것이다. 다음으로 사관혈을 죄다 잡았다. 침이 감기는 우려까지도 조치한 후에야 장침이 들어가기 시작했다.

첫 치료 침에는 신약 약침액을 쓰지 않았다. 위정격이었다. 양곡혈과 해계혈에 보법을 썼다. 환자의 기운부터 회복시키려는 의도이다. 침감으로 기운을 일으키자 환자의 근육에 힘이 들어왔다.

'오케이.'

숨을 돌린 윤도가 시침에 들어갔다. 첫 침부터 일침이혈이었다. 손목의 외관에서 내관혈까지 찔렀다. 다음으로 들어간 두 침은 모두 일침사혈이었다. 후계혈에서 소부, 노궁, 합곡혈로 이어지는 자침, 신문에서 음극, 통리, 영도혈로 이어지는 자침이었다. 이 두 침은 사지의 불편과 신경쇠약을 위해 사용했다.

장침은 쉴 새 없이 출격했다. 귀의 혈자리 이문과 청궁, 청회혈에 일침삼혈이 들어가고 얼굴의 사백과 거료, 지창혈에도 꽂혔다. 그 또한 일침삼혈이었으니 안면신경마비를 잡으려는 시도였다.

그때마다 환자의 표정이 변했다. 산송장에 불과하던 환자에게 인격이 돌아오고 있는 것이다. 환자 옆의 두 사람이 벌벌 떨었다. 딸은 감격으로 떨었고 닥터 그리핀은 충격으로 떨었다. 윤도와 정나현은 무심한 표정 그대로였다. 두 사람은 무아지경으로 손발을 맞춰가며 침을 넣고 있었다.

'아아……'

지켜보던 그리핀은 신음을 참느라 안간힘을 썼다. 동양의 침술. 영화나 드라마로 본 적은 있다. 솔직히 미친 듯이 비웃었다. 그깟 가느다란 침으로 무엇을 할 것인가? 오히려 조직이나 장기에 손상만 줄 뿐이라며 평가절하했다. 기혈이 어쩌고 음양이 어쩌고 할 때면 동양의 한계라며 콧방귀까지 뀌었다.

그런 차에 수석 닥터의 통보를 받았다. 한국에서 잘나가는 한의사가 신약 홍보차 방문할 거라고. 혈자리에서 작용한다는 신약 시범을 보여줄 거라고.

그 방문과 진행을 맡으라는 분부였다.

'감히 겁대가리 없이……'

그리핀의 속마음은 그랬다. 여기가 어딘가? 현대 의학의 본산 미국이다. 그중에서도 매사추세츠 병원이다. 존스홉킨스나 메이요 병원에 견주어도 크게 밀리지 않는 명문이다. 그런 곳에 감히 한의사 나부랭이가?

의기양양하던 자부심은 윤도의 장침 하나하나마다 내려앉고 있었다. 그 자신은 기고 날아야 뇌신경, 그것도 치매를 고칠 뿐이다. 아니, 이 병원의 어느 닥터도 마찬가지였다. 그들이 치료하는 건 단지 전공 분야의 질환. 그러나 이 동양인 한의사는 영역이 따로 없었다.

더구나 그가 사용하는 장비가 무엇인가? 수억에서 수십억 하는 찬란한 AI 첨단 장비도 아니었다. 그러나 의료기기와 관련 인력의 힘을 빌리지 않으면 무장해제당한 것과도 같은 그리핀.

기혈은 헛소리.

침술은 개나발.

마구 비웃던 그리핀의 긍지는 길을 잃은 지 오래였다.

그사이에도 윤도의 장침은 쉴 새 없이 출격했다. 이마 위의 상성혈에서 신회, 전정, 백회를 잇는 일침사혈에 이어 다리의 족삼리에서 상거허, 조구, 하거, 해계혈을 찌르는 일침오혈까지 나왔다. 이로써 가시지 않는 만성 두통과 하지의 불편까지 제압하는 윤도였다.

"12분입니다."

그제야 비로소 정나현에게 타이머 지시를 내렸다. 정나현은 군더더기 없는 동작으로 지시를 이행했다.

"약침 들어갈 건가요?"

"세 개만 준비해 주세요."

잠시 땀을 씻으며 마음을 가다듬었다.

땡!

타이머 소리와 함께 정나현이 발침했다.

"선생님······."

침술에 심취한 딸이 물을 한 잔 권해왔다. 마실 생각은 없었지만 그녀의 성의를 생각해 단숨에 넘겼다.

"고맙습니다."

"선생님······."

딸은 윤도보다 더 흥건히 땀에 젖어 있었다. 왜 아닐까? 현대 의학이 기막히다지만 그녀에게는 구두선에 불과했다. 아버지의 병은 해를 더할수록 하나하나 늘어갔다. 자고 나면 병명이 추가되고 해가 지면 또 하나가 덧붙여졌다.

하지만 윤도는 반대였다. 침 하나가 들어가면 아픈 부위가 좋아지는 게 보였다. 딸은 투시 능력이 없었다. 그러나 딸이다. 아버지의 표정만 봐도 알아차리는 그녀였다.

"이제 치매를 잡을 겁니다."

"선생님……."

"행운을 빌어주세요."

한마디를 남긴 윤도가 약침용 장침을 받아 들었다. 이 환자의 치매 치료혈은 신문혈과 중충혈, 그리고 구미혈이었다. 원래는 후계혈과 백회혈을 추가해야 하는 상황. 그러나 다른 질환을 잡기 위해 그 자리에 침을 꽂았기에 재차 자침할 필요가 없었다.

마무리는 신문혈에서 했다. 혈자리가 약간 떠 있지만 문제는 없었다. 침 끝으로 살며시 혈자리를 누르며 사기를 뽑아냈다. 환자의 표정이 더 평안해지는 게 보였다.

"수고하셨습니다."

시침을 끝낸 윤도가 환자에게 말을 건넸다.

"땡큐 쏘 머치."

환자가 반응했다. 가늘지만 또렷한 목소리였다.

"아버지!"

딸이 폭주했다. 수삼 년간 듣지 못한 아버지의 목소리였다. 들리는 것은 그저 신음 소리밖에 없었다. 그런데 이제 말을 하는 것이다.

"엘리제……."

그 기대를 알았던 걸까? 환자는 이제 딸의 이름을 불렀다.

"아버지!"

딸은 침대 난간을 잡고 무너졌다. 그럴수록 그리핀의 어깨는 더 내려갔다. 그는 유망한 의학도였다. 환자를 회복시키며 여러 보람도 느꼈다. 그러나 윤도에 비하니 하잘것없었다. 그 자신이 한 일이 치료였다면 윤도의 의술은 신화에 가까워 보였다.

세 번째 병실, 이제 그리핀은 더욱 공손해져 있었다.

18명의 환자.

그야말로 강행군이었다. 그나마 다행인 건 참견의 실종이었다. 도쿄나 베이징처럼 환자의 신분에 따른 줄 세우기도 없었다. 윤도는 이제 그 마지막 환자들 앞에 섰다. 70대 중반의 환자는 알츠하이머성이었다. 아주 특이한 환자였다. 쌍둥이인 것이다.

쌍둥이는 누워 있는 모습도 똑같아 보였다.

"3년 전에 발병했습니다. 처음에는 언니가 실려 왔는데 간병하던 여동생도 두 달 후에 치매 판정이……."

그리핀이 히스토리를 알려주었다.

"쌍둥이는 닮는다더니 질병까지도 그런 걸까요?"

정나현이 윤도를 돌아보았다.

"잠깐만요."

윤도가 언니 쪽으로 다가섰다.

"안녕하세요? 한국에서 온 한의사입니다."

늘 그렇듯이 인사부터 했다.

"치료 좀 해드릴게요."

허락을 구하고 진맥에 들어갔다. 자매 역시 오장육부가 좋지 않았다. 3년 전 발병으로 입원한 두 사람. 병원에 들어오면 일단 활동량이 줄어든다. 긴 세월을 누워 지내니 호흡기와 소화기가 나빠질 수밖에 없다.

언니는 비장, 동생은 심장.

두 쌍둥이의 치매 발병 근원이다.

"원인은 달라요."

맥을 짚은 윤도가 결과를 말했다.

"쌍둥이는 원래 하나가 아프면 다른 사람도 아프다는 말도 있던데……."

정나현의 걱정이 무거워졌다. 똑같은 사람이 나란히 누워 있는 걸 보니 연민이 제곱으로 늘어난 것이다. 그렇기에 쌍둥이에 대한 연민은 1+1=2가 아니라 2×2=4가 되고 있었다.

"침 좀 놔드릴게요. 편안히 계세요."

다시 허락을 구하고 시침에 들어갔다. 시작은 언니부터였다.

"……!"

약침을 넣던 윤도가 동작을 멈췄다. 침감이 좋지 않았다.

"안 좋아요?"

눈치를 차린 정나현이 물었다.

"잠깐만요."

침을 내려놓은 윤도가 다시 맥을 잡았다. 오른 손목의 관맥이다. 관맥은 비장의 정보창과 다르지 않다. 한참을 집중했다. 기가 바닥난 비장. 그런데 아련한 맥을 따라 전해오는 아우성이 있었다. 한 번 더 집중했다. 느낌이 사라졌다. 손을 떼었다가 다시 잡았다. 이제는 또 사기가 느껴졌다.

'젠장!'

윤도의 미간이 확 일그러졌다.

"선생님."

그리핀이 다가왔다. 그도 뭔가 좋지 않은 감을 잡은 것이다.

"아무래도 비장에 암이 생긴 것 같습니다."

"……?"

"잠깐만요."

이번에는 동생 쪽으로 옮겨갔다. 정나현의 말이 귀에 거슬린 까닭이다.

쌍둥이는 병도 닮는다. 그런 말은 믿지 않았다. 하지만…….

"……!"

맥을 잡은 윤도가 숨을 멈췄다. 이번에도 신중해야 했다. 이 비장암의 맥은 숨바꼭질 타입이었다. 한 번은 잡히지만 그 다음에는 숨는 것이다.

"선생님."

"이 사람도……."

윤도의 입에서 한숨이 새어 나왔다. 둘 다 비장암의 기운이 있었다.

"비장암입니까?"

"이 위치입니다. 암 크기 자체는 작은데 주변 침윤 범위는 넓은 거 같네요."

"……."

"암까지 동시 치료로 가겠습니다."

"암… 암도 침으로 가능합니까?"

그리핀이 휘청거렸다.

"물론이죠."

"……!"

"어떡할까요?"

"제가 정할 수 없습니다. 수석 닥터와 상의를 해야……."

"이 병원의 결정권자는 누구입니까?"

"그야 원장님……."

"아까 원장님께서 뭐라고 지시했습니까?"

"진료권은 선생님께 일임한다고……."

"그럼 제가 결정할 수 있는 거네요?"

"……."

"슬라이드 몇 장 부탁드립니다."

윤도가 쐐기를 박아버렸다.

치료는 당연히 비장부터였다. 치매의 원인이기도 한 비장의 기혈 저하. 윤도의 판단으로 비장은 오래전부터 문제가 있었다. 그럼에도 이제야 암이 발병한 건 쌍둥이의 행운이었다. 진작 발병했다면 윤도를 만나기 전에 사망했을 일이다.

나노 침이 출격했다. 오장직자침으로 들어갔다. 침은 같은 자리에 세 번을 들어갔다 나왔다. 이어 장침이 뒤를 이었다.

장침.

이번에는 아주 다른 스킬을 선보였다. 암 부위에 침을 적중시킨 윤도, 침 끝을 휘감아 조직을 묻혔다. 손가락에 가벼운 스냅을 주고 뽑아 올리자 암세포가 묻어 나왔다. 그걸 슬라이드에 올려주었다. 그리핀이 받아 암 검사를 넘겼다. 그사이에 윤도의 나노 약침이 들어갔다. 침의 기세는 후끈한 화침이었다. 동생에게도 과정은 같았다.

22분.

신기하게도 쌍둥이는 암세포 녹는 시간도 거의 같았다. 암의 명혈 양문혈을 추가로 찔렀다. 삼음교와 합곡혈을 동원해 잉여물을 치워냈다.

그렇게 비장을 회복한 후에야 치매 치료에 돌입했다. 혈자리는 신문혈과 중층혈, 구미혈, 후계혈, 백회혈을 잡았다. 동생도 똑같았다.

그런데 발침을 하는 순간 정나현의 목소리가 찢어졌다.

"원장님!"

"……?"

윤도가 돌아보니 언니의 반응이 없었다. 동생도 그랬다.

"뭡니까?"

놀란 그리핀이 다가섰다. 윤도가 서둘러 맥을 짚었다.

"후우!"

바로 안도의 한숨이 나왔다.

"두 분 다 잠이 든 겁니다."

윤도가 말했다. 바짝 곤두섰던 촉각이 풀리는 순간이다. 윤도의 신약은 90%의 효과로 신경정신과 팀을 매료시켜 버렸다. 환자에 따라 회복 시간이 달랐지만 문제가 될 수 없었다. 90%로 나온 건 두 환자 때문이다. 그들은 시침을 받았지만 보호자가 확인 검사를 원하지 않았다. 그렇기에 계산에 넣지 않았다. 그러나 겉보기에는 완연한 호전이었다.

치매 관련 혈자리에 특이적인 반응으로 치료하는 한방 소재 신약. 스태프들의 혀를 내두르게 하는 약효였다.

짝짝짝!

임시 결과가 발표되는 자리, 열렬한 박수가 터져 나왔다. 발표회에 참가한 환자 일곱 명도 박수를 아끼지 않았다.

"아직 한 사람이 남은 거 아닙니까?"

발표를 마친 후 윤도가 물었다. 그리핀의 말에 의하면 환자는 21명이었다. 그러니 아직 한 명이 남은 게 맞았다.

"그분은……."

이번 대답은 수석 닥터가 대신했다.

마지막 환자는 여자였다. 45세의 혈관성 치매 환자. 배우 출신이었다. 하지만 대역 없이 위험한 역할을 연기하다가 사고를 당했다. 그로 인해 얼굴에 상처를 입었다. 네 번의 미세 성형수술을 받으며 회복하나 싶었지만 돌연한 부작용으로 피부병이 번지기 시작했다. 병소는 넓고 딱지는 흉측했다.

'내 인생은 끝났다.'

그 상실과 자괴감에 음주를 시작했다. 원래 있던 고혈압이 수직 상승하기 시작했다. 결국 혈관성 치매까지 얻게 되었다.

그녀의 보호자가 치매 치료를 거부했다. 치료에서 제외된 이유의 전부였다.

"제가 보기만이라도 하면 안 될까요?"

"그게……."

"슐츠, 부탁합니다. 혹시 얼굴 때문이라면 제가 그 비방도 가지고 있습니다."

"그게… 이 환자는 특실 환자라서 말이죠."

"무슨 말씀이죠?"

"지금은 아니지만 몇 년 전까지만 해도 세계적인 스타였습니다."

"죄송하지만 저는 신분이나 직업에는 관심이 없습니다. 제 말의 요지는 제가 그 얼굴을 고칠 가능성이 굉장히 높다는 겁니다."

윤도가 거듭 강조했다.

"그렇다면 보호자와 타진해 보겠습니다."

슐츠가 나갔다. 그사이에 윤도는 회복된 환자들과 덕담을 나누었다. 그들은 윤도의 장침에 호기심을 보였다. 윤도와 인증 샷 촬영도 원했다. 기꺼이 응해주었다.

"채 선생님."

머잖아 수석 닥터 슐츠가 돌아왔다.

"보호자를 만났습니다. 당신 짐작이 맞더군요. 딸이 치매에서 깨어나면 얼굴 때문에 더 괴로워할 걸 알기에 그냥 두겠다고 합니다."

"제 말을 전했습니까?"

"얼굴 말입니까? 전하긴 했지만 고개를 젓더군요. 그녀는 이미 미국 최고의 성형 전문의 팀에게 수차례 수술을 받았다고 합니다. 그렇기에 지구상에서 그녀의 피부병을 고칠 의사는 없다고……."

"제가 만나보고 싶다는 건요?"

"채 선생의 소문을 들었는지 만나는 건 상관없다고 합니다. 하지만 치매 치료는……."

"특실이 어디죠?"

윤도가 움직였다. 마지막 남은 한 사람. 유종의 미를 거두고 싶었다. 더구나 치매 발병 사연이 딱한 경우였다.

"……!"

윤도가 걸음을 멈췄다. 특실은 느낌부터 달랐다. 일단 한적했고 문 앞에 여자 경호원까지 버티고 있었다. 병실에 들어서면서 또 한 번 놀랐다. 최고급 병실이라는 이름 때문이 아니었다. 보호자가 보여준 환자의 사진 때문이었다.

환자는 어마어마한 스타 출신이었다. 아카데미 여우주연상은 물론이고 한국의 개봉관에서도 천만 관객을 찍은 대작의 주인공이었다. 그녀의 이름은 엘리자베스. 마약으로 몸을 망

쳤니 알코올중독이니 하는 소문이 돌았는데 그 원인은 따로 있었다.

얼굴에 얇은 베일이 쓰여 있다. 한때 톱스타이던 연기자의 자존심은 바이올렛 빛 얇은 베일 한 장만이 지켜주고 있었다. 그 베일 안을 보았다. 최악의 피부갑착증이었다. 피부가 거북이등처럼 갈라지는 피부 질환이다. 얼핏 봐도 분명했다.

이제는 초라하기 그지없는 한 사람의 환자. 그녀에게서 오롯한 건 목에 걸린 장신구였다. 순금으로 된 장신구에는 소원을 담은 듯한 글귀가 속절없이 반짝거리고 있었다.

"어머니."

윤도가 보호자를 바라보았다. 보호자는 쓸쓸한 눈으로 고개를 저었다. 치매 치료는 안 돼. 고갯짓에 담긴 의미이다.

"그럼 얼굴 치료는 어떻습니까?"

"……?"

"얼굴 치료를 해드리면 치매 치료도 받을 수 있겠죠?"

"그야……."

"지금까지 들어간 얼굴 성형 비용이 얼마나 되나요?"

"천문학적이에요. 우리 엘리자베스가 번 돈의 절반 이상을 처박았지요. 대충 따져도 약 2,000만 불?"

"어떤 의사가 엘리자베스의 얼굴을 제대로 고쳐준다면 얼마까지 낼 수 있나요?"

"돈은 문제없어요. 1,000만 불이든 2,000만 불이든."

"1,000만 불 하죠."

"뭐라고요?"

"제가 따님의 얼굴에 깃든 흉측함을 없애주면 1,000만 불을 내십시오. 현금은 필요 없고 CF로 대신하면 됩니다. 1,000만 불 어치 전속 광고 말입니다."

윤도의 딜이 나왔다. 엘리자베스는 21세기 톱스타 중 한 사람이다. 사고로 발생한 비극이라면 복귀도 문제없었다. 아니, 오히려 고난 극복과 인생 반전의 케이스로 더 큰 스포트라이트를 받을 수 있었다. 그런 사람을 광고 모델로 쓴다면 대박 예약이다.

"미국 최고 성형의 드림 팀도 못한 일을 당신이 하겠다고요? 그것도 혼자서요?"

"한의학이 뭔지 시범을 보여 드리죠."

"시범?"

"간호사 선생님."

윤도가 배석한 백인 간호사를 돌아보았다. 그녀의 양해를 구하고 침을 넣었다. 피부가 좋지 않은 게 제격이었다. 신장 혈자리 두 곳에 장침을 넣자 피부 표면의 솜털이 누우며 찌꺼기가 떨어져 나갔다. 간호사의 얼굴이 몰라볼 정도로 깨끗하게 변했다.

"……!"

어머니의 눈이 휘둥그레졌다.

"당신 딸이 그토록 원하던 현역으로 갈 수 있는 마지막 기회입니다. 제게 맡겨보시겠습니까?"

윤도의 눈이 보호자를 겨누었다. 보호자는 입을 떼지 못했다. 이제는 체념하고 있던 보호자. 실은 인도의 요가 대가와 중국의 기공치료사도 만났다. 남아공에서 온 주술사 역시 돈을 노린 허풍선이었다.

하지만 윤도는 조금 달랐다. 그들은 모두 소문을 가지고 왔지만 윤도는 실체가 있었다.

응급실에서 죽은 환자 둘을 살렸고, 치매 병동에서 18명의 치매 환자 정신을 돌아오게 만들었다.

그가 쓰는 건 오직 장침.

그러나 그 침에 실린 신기…….

흘려듣던 말에 더해 눈앞에서 시범을 보여주자 보호자는 흔들렸다. 갈대처럼 휘청휘청.

8. 수렁 속의 월드스타

　호텔로 돌아온 윤도는 여배우 일을 류수완과 상의했다.

　"가능하겠습니까?"

　류수완이 물었다. 그는 엘리자베스를 직접 보지 못했다. 하지만 이유 불문하고 윤도의 결정을 존중했다. 게다가 시간적인 여유도 있었다.

　"가능합니다."

　윤도가 잘라 말했다.

　"잘되면 우리 신약의 모델로 쓰자고요? 그것도 모델료 없이?"

"그 모델료 예산은 제게 주셔야 합니다."

윤도가 웃었다.

"당연히 드리지요. 선생님 말처럼 되기만 한다면 최고의 광고 효과가 있을 일입니다. 우리 신약으로 회복된 톱스타 출신 치매 환자가 될 테니 움직이는 광고판이지요."

"행운을 빌어주세요."

"제가 도울 일은요?"

"죄송하지만 자리를 비켜주시는 일입니다."

"아, 예."

말귀를 알아들은 류수완이 일어섰다.

탁!

문소리가 나자 윤도 혼자 남았다. 가방에서 산해경을 꺼내 놓았다. 신비경도 함께 내놓았다.

신비경……

다시 볼 때마다 심장이 철렁 내려앉았다. 공항의 사건 때문이다. 그때 검색 직원이 그대로 버렸더라면 유리가 아니니 깨지지는 않았겠지만 흠집이나 우그러짐이 있을 수 있었다. 그렇게 되면 어떨까? 산해경 속으로 들어갈 수 있을까?

"……!"

생각만으로도 오싹한 전율과 함께 닭살이 보글보글 돋아올랐다. 그러고 보니 그 후로 신비경을 시험해 보지 않았다.

초조한 마음에 산해경을 겨누었다.

'후우!'

안도의 숨이 나왔다. 약간 탁한 느낌이 들기는 하지만 기능에는 문제가 없었다. 산해경이 보이고 그 안의 동식물들이 고스란히 보였다.

'순초······.'

피부를 곱게 만드는 영약. 윤도의 눈이 바삐 움직였다. 순초는 초행이 아니었다. 하지만 이번에는 찾기가 쉽지 않았다. 원래 있던 자리의 순초들이 사라진 것이다. 차분하게 주변 탐색을 계속했다. 엘리자베스를 생각하니 이것이야말로 심산에서 산삼을 찾는 기분이다. 그렇기에 다른 날보다 한결 비장해지는 윤도였다.

한 시간이 지나갔다.

순초는 흔적도 보이지 않았다. 온 길을 되돌아가며 훑어도 마찬가지였다. 물을 마시고 마음을 가라앉혔다. 그런 다음 재도전에 나섰다. 동서남북의 방위를 정하고 조금씩 반경을 넓혔다.

다시 한 시간.

순초는 보이지 않았다.

'순초가 없는 계절일까?'

괜한 생각까지 들었다. 두 시간이 지나고 세 시간이 지났다. 그때 노크 소리가 들렸다. 정나현이다.

"간식 좀 가져왔어요."

그녀가 과일과 주스를 내려놓았다. 윤도를 생각해 쇼핑을 다녀온 것이다.

"가서 푹 쉬고 계세요."

윤도가 말했다.

"네, 원장님도 너무 무리 마시고요, 시키실 일 있으면 전화나 카톡 주세요."

정나현은 군말 없이 객실을 나갔다.

'다시 도전⋯⋯.'

몇 번 실패하고 나니 겸허해졌다. 이제는 언덕과 바위 틈, 벼랑까지 낱낱이 살폈다. 그게 먹혔다. 골쇄보가 널린 바위 틈새에 순초가 보였다.

"⋯⋯?"

반가운 마음에 채집하려는 순간, 윤도는 주춤했다. 순초는 맞았다. 다만 빛깔이 약간 달랐다. 과일로 치면 성숙도가 덜한 느낌이다. 대안이 없으므로 일단 채취했다. 현실로 나오기 무섭게 생체 분석을 가동했다.

[원산] 산해경.

[약재 수령] 2년.

[약성 함유 등급] 中下품.

[중금속 함유] 무.

[곰팡이 독소] 무.

[약재 사용 유무] 독성 주의를 요함.

[용법 용량] 수령 5년 미만이므로 강력한 초독(超毒)이 있음. 독소 제거 후에 사용 가능. 독소는 그늘에서 석 달 열흘간 말리면 완전히 제거됨. 독소 미 제거 시 생명 위협.

[약효 기대치] 下上.

'독소 주의?'

윤도의 눈이 휘둥그레졌다. 다시 분석해도 변하지 않았다. 산해경에서 나온 영약으로는 처음이다. 미성숙했기 때문이다. 그렇기에 자신을 보호하기 위해 스스로 생산한 독소. 순초가 성장하면 없어지지만 이 단계에서는 강력한 독을 품고 있는 것이다.

'하아.'

한숨이 나왔다. 기껏 채집한 영약이 이렇다니? 게다가 약성 함유도 만족스럽지 않았다. 中下품이라면 현실의 약재로 쳐도 최상품에 못 미치는 수준이다.

기운이 쭉 빠졌다. 어떻게 된 걸까? 공항에서의 사건 때문에 부정이라도 탄 걸까? 이전과는 다른 결과물에 한숨이 나오는 윤도였다. 하루 한 번의 옵션을 잊고 다시 신비경을 들이댔다. 산해경은 엄격했다. 윤도에게 허용되는 건 아무것도 없었다.

하루……

그 하루가 돌아오기를 기다렸다. 그냥 놀지는 않았다. 뉴잉글랜드 저널 오브 메디슨사를 방문해 구경했고, 제임스에게도 장침의 위력 시위를 구현했다. 제임스에게 있어 장침 맛은 하나의 파라다이스였다. 그는 너무 행복한 나머지 점심 식사까지 건너뛰고 말았다.

시간이 되자 윤도는 다시 순초 채집에 나섰다. 산해경은 손바닥만 한 텃밭이 아니었다. 어딘가 제대로 된 순초가 있을 수 있었다. 어제 살피지 않은 지역을 뒤졌다. 첫 채집은 실패였다. 두 번째에 유의미한 순초 집단을 발견했다. 하지만 이들은 어제 채집한 것보다 더 어려 보였다. 다른 대안이 없기에 혹시나 하고 추가 채집을 했다. 생체 분석에 돌입했다.

"……!"

기운이 쭉 빠져나갔다. 이 순초는 어제 것보다 못했다. 약성 등급이 下上품으로 나온 것이다. 하상이라면 현실로 쳐도 중상급. 그야말로 평범한 약효에 불과했다.

망연자실해 순초를 바라보았다. 실망은 일찌감치 내다 버렸다. 인생이다. 날마다 꽃길만 가는 사람은 없다. 저 유명한 히포크라테스도 그랬고 신화적인 편작과 화타도 그랬다. 윤도는 현실을 냉철하게 받아들였다.

대안을 찾기 시작했다. 가져온 영약 중에 웅황이 있었다. 몸의 사기를 몰아내고 독을 제거해 준다. 신장과 폐의 기운을 최대한으로 끌어올리고 순초와 웅황을 더해 쓰면?

'으음……'

고개를 저었다. 일반적인 피부병이라면 가능했다. 하지만 심각한 부작용이 일어난 얼굴이다. 다른 영약을 떠올렸다. 피부병에 관련된 것이라면 동거가 있다. 터진 피부를 감쪽같이 치료한다. 적유도 피부병에 걸리지 않게 한다. 하지만 법제가 필요했다.

'어쩐다?'

소용도가 낮은 순초를 바라보았다. 한국에서 가져온 약침액도 쳐다보았다.

중산경의 낭―요절하지 않는 영약.

요절할 질병이 아니니 관계없음.

북산경의 백야―머리가 이상해지는 병을 고치는 영약.

치매는 윤도가 해결 가능하므로 관계없음.

서산경의 웅황―나쁜 기운과 온갖 독을 물리치는 영약.

여기에서 윤도 머리가 맑아졌다. 순초의 법제에 필요한 석달 열흘. 그 목적은 독소 제거였다. 그런데 웅황은 탁월한 독소 제거 효과에 나쁜 기운의 제거. 그렇다면 어린 순초의 독을 제거하고 사기(邪氣)를 없애 상승 작용을 기대할 수 있었다.

아쉬운 대로 실험에 들어갔다. 순초를 찧어 즙을 낸 후에 웅황을 두 방울 떨구었다. 반응을 끝낸 즙에 생체 분석기를 들이댔다.

[약재 사용 유무] 가능.
[용법 용량] 적량을 환부에 바름.
[약효 기대치] 中上.

'오옷!'
분석을 읽은 윤도는 확 고무되었다. 짐작이 맞았다. 웅황을 가미한 임시 법제가 대박이었다. 독성은 사라지고 약성은 살짝 높아졌다. 산해경 기준 中上이니 현실 기준으로는 上上급. 이만하면 도전해 볼 만한 약성이다.

이른 아침, 정나현을 동반한 윤도가 병원에 도착했다. 피부과 담당 주치의를 현관에서 만났다. 미리 연락을 주고받았기에 가벼운 인사만 나누고 병실로 향했다.
"닥터 채."

그가 말문을 열었다. 당직을 선 것인지 눈동자에 피로감이
엿보였다.

"예."

"환자의 얼굴 말입니다."

"네."

"정말 동양의학으로 치료가 가능한가요? 외과적인 수술도
없이?"

"질병입니다. 신이 아닌 한 장담은 못하죠. 하지만 달리 말
하면 질병이니 고칠 수 있는 방법도 있지 않을까요?"

"된다는 쪽이군요?"

"생각은 언제나 그렇습니다."

대화를 나누는 사이에 병실에 도착했다. 미리 통보를 받은
경호원이 먼저 병실로 들어갔다. 보호자에게 윤도의 등장을
알리는 것이다. 경호원은 잠시 후에 나왔다.

"들어오시랍니다."

그녀가 문을 열어주었다.

이른 새벽의 병실은 회색이었다. 조명이 아니라 느낌이 그랬
다. 모든 것을 체념한 환자들에게 공통적으로 보이는 암울한
분위기. 윤도는 정나현이 준비해 준 장미 한 송이를 창가의
물병에 꽂았다. 보호자의 시선이 따라왔지만 이유는 묻지 않
았다. 윤도가 보호자에게 꾸벅 예의를 갖추었다.

"행운을 빕니다."

간단한 체크를 마친 주치의가 윤도에게 말했다. 그에게도 예의를 갖춰주고 환자 앞에 섰다.

얼굴 부상으로 시작된 절망. 처음 한두 번의 성형은 그리 나쁘지 않았다. 다만 환자에게 만족감을 주지 못했다. 불타는 인기가 식을까 노심초사하며 서두른 환자. 그게 문제였다. 얼굴에 피부갑착증이 생기면서 흉측해졌고, 그걸 고치기 위한 무리수. 결국 불행이 반복되고 말았다.

그때 환자는 신장과 비장이 나빴을 것이다. 그게 폐를 쳤다. 하지만 현상을 중시하는 성형외과에서 오장육부까지 돌볼 의무는 없었다.

신장과 비장.

어쩌면 보지 않아도 뻔한 일. 그러나 오묘한 인체에서 뻔한 진단이라는 건 없었다. 사소한 감기의 양상도 모두 다른 게 인간이다.

잡념을 버리고 기본에 충실했다. 그렇기에 새벽 진맥을 하러 온 윤도였다. 해가 뜰 무렵 환자의 잠을 깨웠다. 환자가 히죽 웃었다. 치매의 발동이다. 진맥의 일곱 과정을 모두 지켰다.

정신 집중, 마음 비우기, 호흡 조절.

여기까지는 윤도의 몫이었다.

다음으로 환자의 손목에 손가락을 올려 피부의 기를 살폈다. 손가락에 살짝 힘이 들어갔다. 이제는 위장의 기를 보는 것이다. 다음 단계에서 힘을 더 모아 오장의 기를 체크했다. 마지막으로 환자의 호흡을 살핌으로써 진맥은 끝이 났다.

오른손의 진맥은 전부 정상이 아니었다. 폐와 대장, 비장과 위장, 신장의 기가 모두 Down 상태였다. 그나마 왼손 진맥은 조금 나아 척맥만 문제가 엿보였다.

"체온 데이터 어때요?"

윤도가 정나현을 바라보았다.

"주로 오후부터 자정 직후가 가장 높고 아침 시간대에 다시 높아요."

환자 차트를 분석한 정나현이 대답했다.

오후부터 자정 직후, 그리고 아침 시간대.

윤도의 진단과 일치하는 발열이다. 폐에 문제가 생기면 오후 발열이 많다. 비장은 아침, 저녁, 마지막으로 신장이 자정 무렵이니 세 장기의 기운이 바닥이다.

얼굴을 살폈다. 전반적으로 누렇게 뜬 피부. 흉측한 흉터 중에서는 왼뺨이 심했다. 오른뺨은 간에 속하고 왼뺨이 폐에 속한다. 거기에 자잘하게 자란 몸의 잔털 또한 폐가 튼실치 못함의 반증이다.

신장, 비장, 위장, 폐……

루틴이 섰다. 하지만 손을 떼려는 순간에 그 끝에 알갱이 같은 느낌이 걸렸다.

'진심맥……'

미간을 구긴 윤도가 다시 맥을 잡았다. 맥을 따라 심장의 맥을 세밀하게 체크했다.

'젠장, 큰일 날 뻔했군.'

윤도의 척추가 수직으로 곤두섰다. 하마터면 지나칠 뻔한 심장이다.

심장…….

그러고 보니 얼굴 피부갑착증에 반진도 섞였다. 왼쪽 볼이 더 붉으면서 반진이 섞인 피부염. 얼굴은 위장경락에 속한다. 그러나 반진은 위장과 폐, 심장에 열이 뭉치면 나타나는 질환. 이걸 대비하니 피부 질환의 주범이 셋으로 늘었다.

신장, 비장, 심장.

피부는 본시 폐와 신장, 대장이 주관한다. 얼굴은 위장경락이 주관한다. 심장이 나빠져도 얼굴이 붉어진다. 심장은 비장을 돕고, 비장은 폐를 돕는다. 그러나 폐가 나빠지면 신장과 비장도 함께 나빠져 있는 것이 보통이다.

이상을 종합하니 명백해졌다. 심장혈의 추가였다. 원인은 상심으로 보였다. 깊이 상심하면 비장을 해친다. 비장이 대미지를 입자 역순행이 일어났다. 심장까지 부작용을 입은 것이다.

그렇기에 폐의 기혈 조화를 이루어 피부갑착증을 없애려면 세 장기의 원기부터 부양해야 했다.

큰 틀은 정해졌다. 하지만 그것으로 끝은 아니었다. 환자가 건강하다면 바로 치료에 들어가면 된다. 그러나 환자의 기혈은 꼬인 실타래와도 같았다. 그것도 다 삭아서 자칫하면 한 올, 한 올 끊겨 나갈 수 있는.

그렇기에 세 장기에 손을 대려면 사전 조치가 필요했다.

우선 사관이었다. 합곡과 태충혈의 짝을 다 동원해 기 순환을 이루어야 한다. 순환이 이루어지면 독맥의 척중혈을 취한다. 이 혈은 신장과 비장을 따뜻하게 보하는 명혈. 여기에 더할 것이 심장의 관문 거궐혈이다. 마무리는 중완과 천추혈이 필요했다. 두 혈은 위장과 대장을 다스리기 위해서이다.

'사관혈에 척중, 거궐과 중완, 그리고 천추혈… 거기에 더해 약침액……'

윤도의 계산이 바삐 돌았다.

"보호자 분은 자리를 비켜주시지요."

피부과 주치의가 보호자에게 양해를 구했다. 그 말을 윤도가 막았다.

"괜찮습니다. 입회시켜 주세요."

"예?"

놀란 주치의가 윤도를 바라보았다. 본래 중대한 치료에는 보호자를 내보내는 게 옳았다. 감염의 우려도 있고 놀라 방해가 될 우려도 있었다.

"어머니, 잠깐 오시죠."

치료 준비를 마친 윤도가 보호자를 불렀다.

"이 약침액과 침으로 따님을 치료하게 될 겁니다."

윤도가 침을 보여주었다.

"……."

"처음 보는 거겠죠?"

"네."

"따님의 치료는 30분이면 됩니다. 원하시면 나가서도 되고 뒤에서 지켜보셔도 됩니다."

"고작 30분이라고요?"

"예. 지금부터 시간을 재셔도 좋습니다."

"……!"

보호자가 소스라치는 사이 윤도는 환자를 향해 돌아섰다. 카운트다운이 시작된 것이다.

"원장님."

정나현이 걱정스러운 표정을 지었다.

"딸 때문에 걱정이 많을 겁니다. 이럴 때는 아예 오픈하고 가는 게 좋아요."

"하지만……."

"스스로를 의심하지 마세요. 우린 해낼 수 있습니다."

윤도가 손을 내밀었다. 정나현은 그 손에 장침을 건네주는 수밖에 없었다.

30분.

시간까지 예고한 윤도의 시침이 시작되었다.

윤도의 손은 성자의 그것처럼 움직였다. 표정도 그랬다. 보호자와 주치의의 시점이 그랬다. 두 사람이 보기에 이 두 동양인의 움직임은 마치 성화에 나오는 한 장면으로 느껴졌다. 거룩한 사명을 가지고 강림한 의료 천사들. 딱 그 분위기였다.

윤도는 오직 한 번 주춤거렸다. 중완혈 때문이다. 중완에 화침을 넣어 주변 사기(邪氣)를 몰았다. 이런 경우 사기는 척중혈 쪽으로 달아난다. 척중혈은 신장과 비장을 따뜻하게 보하는 명혈. 사기를 몰아놓고 원샷으로 청소할 생각이었다. 만약 이 과정을 어기고 척중혈에 먼저 침을 넣으면 중완의 효력이 줄어든다. 사소한 것 같지만 첫 단추를 잘못 잠그는 것과 같은 이치이다.

그러나 상대는 고질병이다. 이미 악성 피부 질환까지도 경험해 본 윤도. 심지어 방사능 오염 피부까지 고쳐보았지만 질병은 어느 것 하나 쉬운 게 없었다. 침이 들어가자 주변 사기가 침을 휘어 감고 놓지 않았다.

무리하지 않고 호침 두 개를 주변에 세워 사기의 예봉을 무력화시켰다. 그것 외에 수고를 더한 건 척택혈이었다. 척택혈은 신장과 비장의 기혈 조화를 돕는다. 그 역시 일반 환자보다는 침감이 세게 들어갔다. 그제야 신장과 비장에서 조성된 생기가 폐로 올라오기 시작했다.

폐수혈에 약침을 넣을 때 윤도는 이미 침과 혼연일체였다. 이 혈자리는 피부 조직을 복구시킨다. 반진 때문에 흉터 아래의 피부가 많이 꺼져 내렸을 환자. 그 빈자리만큼 침감을 더하는 윤도였다.

사락, 사라락!

침 끝으로 약침의 작용점을 더듬었다. 전과 다른 순초를 웅황으로 법제한 윤도. 그 부족함을 침술로 채워야 했다. 그걸 위해 한 치의 흐트러짐도 없는 윤도였다.

덜컥!

느낌이 왔다. 약침액의 최고 활성점이다. 혈자리가 무는 기세가 그랬다. 바늘 문 물고기를 채듯 침을 감았다. 고요 속에서 태풍을 일으키듯 감았다.

침은 기혈의 폭풍을 일으키며 환자의 생기와 면역을 자극했다. 감으면 모였고, 풀면 쏜살처럼 퍼져 나갔다. 봄날의 아지랑이처럼 뭉긋뭉긋 번져가는 기혈. 그 기혈이 마침내 얼굴의 상처 부위에서 무지개로 아른거리기 시작했다. 오장육부 자체가 하나의 우주였으니 인체 조화의 신비는 말로 형언하기 어려웠다.

순간…….

주르륵!

환자의 얼굴에서 검붉은 사기의 액체가 흘러내렸다. 처음에는 몰랐던 환자. 축축한 느낌에 시선을 돌렸다. 시트에 습기가 느껴졌다. 습기의 반경이 점점 커지더니 검붉은 액체가 눈에 들어왔다.

"까아아악!"

환자의 비명이 터졌다. 치매로 오락가락하는 정신이지만 제 몸에서 나오는 핏물의 위협까지 모르지는 않았다.

"엘리자베스!"

보호자가 다가왔다.

"까아악!"

환자의 비명은 멈추지 않았다. 이번에는 손 때문이었다. 무심결에 얼굴을 만진 손에 액체가 흥건하게 묻어나자 기겁한 것이다.

"멈춰요! 그만하세요!"

겁을 먹은 보호자가 윤도에게 소리쳤다.

"보호자 진정시켜요!"

윤도가 차갑게 응수했다. 정나현으로서도 처음 보는 오싹

함이다. 늘 온화하기만 하던 윤도, 때로는 신선처럼 보이던 윤도였지만 지금은 달랐다. 그러나 정나현은 알았다. 그건 한의사의 오기 따위가 아니었다. 윤도는 지금 치료에 화룡점정을 그리고 있었다. 그렇기에 그 누구의 방해도 허락할 수 없었다.

"진정하세요. 중요한 순간이에요. 진료를 방해하지 않기로 약속했잖아요."

정나현이 보호자를 달랬다.

"하지만 엘리자베스가 죽을 것 같잖아요. 이 치료, 포기할래요. 엘리자베스를 그냥 두세요!"

보호자가 정나현을 잡고 애원했다.

"캐서린! 캐서린!"

정나현이 꿈쩍도 않자 복도를 향해 외치는 보호자. 그러자 여자 경호원이 뛰어 들어왔다.

"채 선생!"

당황한 주치의가 윤도의 상황을 환기시켰다. 윤도는 대꾸조차 없이 침감 조절에 몰입했다.

기(氣)…….

그건 약물 처방과 달랐다.

10㎎ 투여하고 안 되면 20㎎, 그래도 안 되면 50㎎으로 가는 게 아니었다. 이건 신묘함의 조합이다. 이토록 중요한 순간에는 더욱 그랬다. 1+1=1이 아니었고 1-1=0도 아니었다. 1+1이

100도 되고 1-1이 -100도 될 수 있는 순간, 윤도는 병실의 아수라장에도 아랑곳없이 침감 조절에 사력을 다했다.

"헤이, 닥터, 사모님께서 그만두기를 원하고 있잖아요!"

여자 경호원이 윤도에게 다가서는 순간, 윤도의 묵직한 목소리가 병실을 흔들었다.

"당신들, 그렇게 오래 기다려 놓고 잠깐을 못 참아요? 여기서 포기할까요?"

"……!"

"이게 그저 단순히 주사 한 방, 침 한 대로 끝날 줄 알았나요? 그렇게 쉬운 건 줄 알았냐고요?"

"……."

"결정하세요. 다 포기하고 말까요? 이대로 희망 없이 살다 죽게 둘까요?"

─포기할까요?"

─이대로 살다 죽게 둘까요?

힘이 들어간 두 마디에 경호원이 물러섰다. 보호자도 그제야 정신이 돌아왔는지 가슴을 쥐어뜯으며 물러섰다.

마지막 침감 조절을 마친 윤도가 땅이 꺼져라 한숨을 내쉬었다. 기어이 화룡점정을 찍은 것이다.

"원장님!"

정나현이 돌아보았다.

"나보다 환자를……."

"원장님……."

"딱지가 녹았을 겁니다. 얼굴을… 얼굴을 닦아드리세요. 아기를 대하듯 부드럽게……."

윤도는 자신은 돌볼 생각도 하지 않고 환자만을 가리켰다. 그 숭고함에 경호원이 팔을 내렸다. 펄펄 뛰던 보호자도 엘리자베스에게 시선을 돌렸다.

엘리자베스…….

얼굴에 핏물이 흥건했다. 핏물은 볼을 타고 내려와 베개를 적시고 시트를 물들였다. 그 공포감에 어쩔 줄 모르는 환자에게 정나현이 다가섰다. 환자가 본능적으로 웅크렸지만 정나현이 손을 밀어냈다. 그녀 역시 노련한 간호사였다. 이 정도의 상황은 아무것도 아니었다.

스윽!

부드러운 멸균 거즈가 엘리자베스의 얼굴을 스쳐 갔다.

"……!"

정나현이 호흡을 멈췄다. 거즈에 한가득 묻어난 반진 흉터의 딱지 때문이었다. 그것들은 놀랍게도 저절로 떨어지고 있었다. 그렇기에 스치기만 해도 스르르 밀려나고 묻어나는 것이다.

"원장님."

"계속하세요."

윤도의 말에 정나현이 거즈를 교체했다. 새 거즈가 한 번 더 볼의 잔해를 닦아내자 그 아래로 새살이 드러났다. 진물이 홍건하지만 말간 새 피부였다.

"원장님!"

"계속……."

윤도의 말은 변하지 않았다. 정나현의 손길은 갓난아기를 다루듯 세심하게 진행되었다. 마침내 마지막 반진의 딱지까지 걷어내자 이번에는 보호자가 비명을 질렀다.

"맙소사!"

"오 마이 갓!"

주치의의 비명이 그 뒤를 이었다. 흉측하게 볼을 가린 반진 딱지들. 그냥 떨어진 게 아니었다. 그것들은 새살이 복구되면서 자연스럽게 떨어지는 과정과 다르지 않았다. 아니, 딱 그런 과정이었다.

"엘리자베스……."

보호자의 두 손이 와들거리며 볼로 향했다.

"만지면 안 됩니다."

윤도의 지시가 날아왔다. 놀란 보호자가 찔끔 뒤로 물러섰다.

"닥터……."

"따님의 얼굴은 치료되었습니다. 상심이 깊어 비장과 심장이 망가졌습니다. 거기에 신장까지 가세해 폐를 쳤어요. 폐는 얼굴을 관장하니 얼굴 피부가 엉망이 된 거지요. 네 장기가 엇박자를 내니 간장 또한 부조화의 극치에 이르렀습니다. 피부병 약을 먹어도 부작용만 나온 이유입니다."

"닥터……."

"한의학은 서양의학과는 다릅니다. 하지만 다르다고 배척하실 필요는 없습니다. 의술의 근원과 목표는 인간의 질병을 고치자는 것인데 그건 히포크라테스나 편작, 허준의 의도가 다르지 않습니다."

"닥터……."

"얼굴 피부는 곧 정상화될 겁니다."

"오오……!"

"따님의 치매 치료를 맡기시겠습니까?"

"당연히… 무조건……."

"하지만 이번 같은 무례는 절대 안 됩니다. 약속까지 해놓고 진료를 방해하려 하다니요? 아까 거기서 마무리 기 조화에 실패했더라면 오히려 더 큰 부작용을 부를 수도 있었습니다."

"Sorry. 딸의 비명에 놀라는 바람에… 이렇게 사죄합니다."

보호자가 두 손을 모았다. 경호원 역시 그 옆에서 허리를 숙였다.

"그럼 진행하겠습니다."

"지금 당장이요?"

"환자에게 약간 무리지만 피부 치료로 오장을 잡았으니 할 만합니다. 빨리 치매에서 벗어나야 나은 자기 얼굴을 볼 것 아닙니까? 마음에 희망이 들어오면 회복도 가속화될 겁니다."

"그렇게만 된다면……."

"정 실장님, 준비하세요."

윤도의 지시가 떨어졌다.

딸깍!

이번에는 보호자가 나갔다. 윤도의 장침에 대한 완전한 신뢰였다.

몇 분 만에 병실 분위기가 바뀌었다. 이제는 불안이나 의심이 아니라 기대와 희망의 분위기였다. 닥터도 피부과 주치의에서 신경정신과의 그리핀으로 교체되었다.

침이 들어갔다. 이제는 치매 약침이었다.

21명의 환자 중 마지막 차례.

거기 의미를 두었다. 윤도의 침은 거침없이 마무리를 지었다.

짜라락!

정나현이 타이머를 세팅했다.

"좀 쉬세요."

그녀가 물을 내밀었다.

"내 걱정은 마세요."

물을 받아 들고 창으로 걸었다. 닥터 그리핀이 따라왔다.

"Are you OK?"

그가 물었다.

"Sure."

윤도가 웃었다.

"손 좀 봐도 될까요?"

"그러시죠."

윤도가 손을 내주었다. 그리핀은 성배라도 받아 든 양 조심스레 윤도의 손을 만졌다.

"이 손에 말입니다, 청진기부터 뇌파검사기, 심전도기, CT와 MRI까지 다 들어 있는 것만 같습니다. 신적인 AI 프로그램과 함께 말입니다."

"저는 아무것도 아닙니다. 그 옛날 편작과 화타, 유부 같은 분들은 보기만 해도 질환을 알았다고 하니까요."

"그런 건 동양의 판타지에나 나오는 걸로 알았습니다. 그런데 그 판타지가 현실이 될 수도 있다니……."

레지던트의 손에는 치매 신약이 들려 있었다. 어쩌면 그들에게는 하나의 호기심에 불과했을 한국의 신약. 그러나 이제 더 이상 호기심으로 그칠 수 없게 되었다. 대화하는 사이에 타이머가 벼락을 쳤다.

땡!

윤도가 발침을 했다. 환자는 다행히 잠들어 있었다.

"깨울까요?"

정나현이 물었다.

"아뇨. 중환자였는걸요. 꿀잠보다 더한 보약이 없을 테니 우리가 기다리는 게 옳아요."

"보호자는요?"

"모셔 오세요. 우리보다 더 초조하실 테니까."

윤도가 문을 바라보았다.

보호자를 입실시킨 윤도는 복도에서 성수혁을 만났다. 하루 늦게 미국에 도착한 성수혁은 병원 곳곳을 누비며 윤도의 흔적을 취재했다. 그렇기에 그도 이 마지막 환자에 깊은 관심을 갖고 있었다.

"기분이 어떻습니까? 미국 착륙은 그리 살갑지 않았다고 하던데……."

"시쳇말에 첫 끗발이 개 끗발이라는 말이 있다더군요."

"낙관하시는군요?"

"기자님까지 왔는데 망신을 당할 수야 없으니까요."

"시간은 언제 됩니까? 이국에서 만났으니 저녁 정도는 같이 먹어줘야죠?"

"곧 일이 마무리될 것 같습니다. 그때 시간을 잡죠."

"으음, 그럼 저는 독도 표기 건이나 추진하고 있어야겠군요."

"아, 독도 표기 제보가 있었다고 했죠?"

"한인회 제보인데 여기 시청과 의회 지도에 독도가 빠졌다더군요. 한인회장단 등이 의견을 냈는데 여기 부시장이 일본계 미국인이라더니 씨알도 안 먹힌다고 하네요. 그러니 몇 번 쑤셔보고 안 먹히면 장기전이라도 펼쳐야 할 거 같습니다. 그게 기자의 사명 아니겠습니까?"

"멋진 생각이군요."

"아, 그게 질병이라면 채 선생님 장침 솜씨 좀 빌리는 건데……."

"원장님."

성수혁이 아쉬워하는 사이 정나현이 병실 문을 열고 윤도를 불렀다.

"그럼 나중에 뵙겠습니다."

인사를 남긴 윤도가 병실로 들어섰다. 엘리자베스가 눈을 뜨고 있었다. 그녀의 눈이 허공을 더듬었다. 지향이 없던 눈이 조금씩 자리를 찾았다. 치매 약침을 맞기 전보다 맑은 눈동자였다.

"엄마."

엄마를 알아보는 엘리자베스. 보호자가 그녀의 손을 잡았다.

"엄마 알아보네?"

"당연하지. 누구 엄만데. 그런데 여긴 어디야?"

"병원."

"저분들은?"

"네 병 고쳐주신 닥터."

보호자가 윤도를 돌아보았다.

"내 병?"

그녀의 손이 얼굴로 올라갔다. 그 손을 보호자가 막았다.

"잠깐만 기다려. 아직은 손대면 안 돼."

보호자가 손거울을 꺼내 엘리자베스에게 보여주었다. 엘리자베스가 시선을 가다듬었다. 거울 안에 얼굴이 들어왔다. 피부과에서 수독포로 조치하는 드랩(Drap)을 했지만 투명 거즈이기에 얼굴 형체는 고스란히 보였다.

"엄마?"

"네 얼굴이야. 저기 코리아에서 오신 닥터께서 네 저주를 날려 버렸어."

"엄마……."

"꿈 아니야. 엄마가 몇 번이나 확인했거든. 이건 현실이야."

"그럼 내 얼굴 피부병이?"

"그래. 이제 다시 옛날로 돌아갈 수 있어. 네 치매도 저 닥터께서 한 방에 날려 버렸고."

"맙소사! 이게 내 얼굴… 그리고 꿈이 아니라고?"

"그래, 네 얼굴……."

"엄마……."

"엘리자베스."

"……!"

엘리자베스는 격정적인 침묵으로 감격을 누렸다. 비명을 대신하는 건 굵은 눈물이었다. 그 눈물이 멎고 또 멎을 때까지 거울을 들여다보았다. 절망이 사라진 자리를 보고 또 보았다.

"정신을 차렸으면 일어나서 선생님께 인사해. 백 번을 해도 모자랄 거야."

보호자가 엘리자베스를 부축해 주었다.

"선생님……."

상체를 세운 엘리자베스가 윤도를 바라보았다.

"아직 100%는 아닙니다. 내일 아침에 한 번 더 침을 맞아야 하고 한국에서 오는 탕약도 당분간 드셔야 합니다."

"그런 건 상관없어요. 뭐라도… 뭐라도 시키는 대로 할 겁니다."

"오래 고생하셨어요. 이제 조금만 참으면 됩니다."

"고맙습니다, 선생님. 정말 고맙습니다."

"제가 고맙죠. 한의사든 의사든 환자의 쾌유만 한 에너지가 없으니까요."

윤도는 환자와 보호자에게 예를 갖추었다.

다음 날, 얼굴 피부갑착증에 대한 추가 시침이 끝났다. 정나현이 엘리자베스의 얼굴 상처에 붙인 거즈를 떼어냈다. 수줍은 새살이 그녀를 맞이했다.

"미러클!"

그녀는 다시 한번 감격에 떨었다.

그 감격의 꼬리를 물고 보도진이 들이닥쳤다. 주치의가 윤도에게 기자회견 허락을 묻는 진풍경이 연출되었다. 엘리자베스의 얼굴을 고쳐준 건 윤도이기 때문이다.

"감염 방지 원칙만 지킨다면 허락합니다."

윤도가 정리했다. 일반적인 치료라면 외부 인사와의 접촉이 좋을 리 없었다. 감염 우려 때문이다. 하지만 윤도가 쓴 건 영약이었다. 놀라운 세포 회복력이기에 약간의 주의만 기울이면 되었다. 그렇다면 보도진을 맞이하는 게 좋았다.

첫째는 엘리자베스에게 좋았다. 그녀를 거들떠보지도 않던 보도진과 연예 전문 기자들. 그녀가 왕년의 스타로 회생 가능함을 선포해야 했다. 팬들의 관심이야말로 엘리자베스에게는 제2의 목숨이었다. 그건 왕성한 생기가 되어 얼굴 회복을 도울 일. 윤도가 막을 이유는 없었다.

두 번째는 윤도 자신이었다. 응급실의 개가와 치매 환자의 개가는 병원에 연기처럼 번지고 있었다. 하지만 워낙 큰 병원이기에 모든 사람이 알지는 못했다. 그런 차에 엘리자베스가 화제에 오른다면? 그 또한 굉장한 반향이 될 수 있었다.

딸깍!

윤도를 바라본 보호자가 병실 문을 열었다. 미리 순번을 정한 보도진 20여 명이 들어왔다. 모두 멸균복 차림이었다. 플래시가 쏟아지기 시작했다. 질문과 카메라, 멸균 캡을 씌운 마이크가 엘리자베스 앞에서 춤을 추었다. 엘리자베스가 웃었다.

"원장님."

정나현이 검색 화면을 보여주었다. 그녀가 한창 잘나갈 때의 사진이었다. 지금 카메라 앞에서 행복해하는 모습과 꼭 닮아 있었다.

9. 살아 있는 인간 조각상 '다프네'

"한국에서 온 한의사 채윤도입니다."

윤도도 포토 라인에 섰다. 당연한 일이었다.

"불과 하루 만에 놀라운 결과를 얻었다고 들었습니다. 어떤 원리로 치료하신 겁니까?"

질문이 홍수처럼 쏟아졌다.

"인간의 질병은 오장육부의 기혈 부조화로 발생합니다. 이 오장육부의 기를 북돋아 면역을 증강하고 활력을 높이는 방법으로 새 세포의 성장 촉진을 유도한 것입니다."

"기라고 하면 중국 무협 영화에 나오는 그 기 말입니까? 하늘을 날고 장풍으로 거목을 쓰러뜨리는?"

"그것도 기에 속합니다만 제 기는 혈자리를 기준으로 하고 있습니다."

"혈자리?"

"인간에게는 누구나 기의 통로인 경락이 있습니다. 경락은 경맥과 낙맥으로 나뉘고 다시 12경맥과 기경 8맥, 12경근 등으로 나뉩니다. 이러한 기의 통로에는 경혈이라는 것이 있는데 오장육부와 경락의 기혈이 모이는 곳으로서 인체 각 기관의 정보를 알 수 있으니 침의 자극으로 질병을 치료하는 것입니다."

"이번 엘리자베스의 피부 질환은 무엇이 문제였습니까?"

"그녀의 얼굴 피부 질환 원인은 폐 기능 저하였습니다. 그러나 인체 각부의 기관은 홀로 서는 게 아니니 폐가 나빠질 때는 신장과 비장 역시 높은 확률로 기능이 떨어집니다. 나아가 그녀는 심장의 기혈까지 부조화를 이루었기에 오장의 조화를 바탕으로 삼았습니다."

"약침을 썼다고 들었습니다."

"침은 그 자체만으로도 효과가 높지만 혈자리에 특이하게 반응하는 약침을 사용하면 더 빠른 효과를 볼 수 있습니다. 엘리자베스의 경우에는 오장의 기혈 조화와 약침의 반응 조화가 최적의 조건으로 이루어졌기에 최상의 효과를 보게 된 것입니다.”

“얼굴의 흉측한 피부염뿐만 아니라 치매까지도 함께 치료한
것으로 아는데요?”

“치매 역시 특이 혈자리에 약침을 사용하는 방법으로 시침
했습니다.”

“약침의 원료가 본인이 직접 개발한 신약이라던데 사실입니
까?”

“사실입니다. 그 약 샘플을 원심분리해서 농축액으로 사용
했습니다.”

“오!”

보도진 속에서 탄성이 튀어나왔다. 거침없이 폭주하는 윤
도. 뒷줄에서 지켜보는 정나현과 류수완 등은 혀를 내두르고
있었다.

기자회견장의 윤도는 치료하는 모습과는 딴판이었다. 치료
하는 모습이 정중동의 호수 같다면 이제는 활력으로 몰아치
는 폭풍과도 같았다.

“그 신약으로 이 병원 신경정신과 치매 환자 전부를 치료했
다고 하던데 사실입니까?”

이 질문의 주인공은 한국인 성수혁이었다. 유창한 영어 속
에서 다소 다른 악센트로 튀어나온 질문. 그렇기에 모든 기자
들이 성수혁을 바라보았다.

"전부는 아니고 21명 중 18명입니다. 나머지 두 명은 특별한 이유로 시침하지 않았습니다."

"특별한 이유란 무엇입니까?"

"그건 제가 대답할 성격이 아닌 것 같습니다."

윤도의 시선이 배석한 신경정신과 수석 닥터에게 옮겨갔다. 답변을 넘긴 것이다. 기자들의 시선도 함께 움직였다. 원장의 눈짓을 받은 수석 닥터가 일어섰다.

"침 치료를 받지 않은 두 사람은 종교적인 신념이었고 대다수 환자는 완치에 가까운 회복을 보이고 있습니다. 나머지 환자도 놀라운 회복력을 보이고 있어 고무적으로 보고 있습니다."

"완치에 가까운 회복이라는 건 어떤 의미입니까?"

성수혁의 질문이 꼬리를 물었다.

"현재 우리 의료진의 판단으로는 완치지만 판정에 신중하느라 진단을 확정하지 않은 상태입니다."

"그 결과를 도출한 건 전적으로 닥터 채윤도의 신약입니까?"

"그렇다고 생각합니다."

"고맙습니다."

성수혁이 질문을 끝내고 앉았다. 감추고 있지만 흡족해하는 표정이다. 기자회견은 놀라운 반응 속에 끝이 났다. 하지만 놀라움은 끝나지 않았다. 엘리자베스의 어머니가 가져온 꽃이 그 연결선이었다.

"……!"

그걸 받는 순간, 윤도는 꽃의 바다를 보았다. 꽃의 행렬이 복도까지 늘어선 것이다.

"엘리자베스의 컴백을 바라며 보내온 팬들의 성원입니다. 이 꽃의 주인은 동양에서 온 닥터 채윤도가 되는 게 맞을 거 같아서 가져왔습니다."

어머니가 말했다.

펑펑!

다시 기자들의 카메라가 불꽃을 뿜었다. 꽃은 수만 송이에 달했다. 꽃가루 알레르기를 우려한 병원 측이 방문을 막자 병원 담장에 쌓았다. 어머니가 가져온 건 엘리자베스의 팬클럽이 보낸 꽃이었다.

"엘리자베스는……."

기자들의 카메라가 잠시 숨을 고르자 어머니가 말을 이었다.

"다시 연기를 하게 된다면 닥터 채윤도가 만든 신약 CF를 무상으로 찍고 싶다고 말했습니다. 그녀의 목숨이 다하는 날까지 무보수로 말입니다. 그게 닥터 채윤도에게 보답하는 길이라며……."

펑펑!

카메라가 다시 폭발했다. 윤도에게도 엘리자베스에게도 초대박 멘트였다.

"두 분, 함께 서주세요."

기자들이 어머니를 윤도 쪽으로 밀었다. 윤도와 어머니가 나란히 서서 사진을 찍었다. 병실에서는 엘리자베스와, 기자회견장에서는 어머니와 찍었는데 그때마다 모녀의 시선에는 고마움이 출렁거렸다.

기자들이 떠나고서야 겨우 휴식을 취했다. 겨우 숨을 돌린 순간 병원장의 호출이 들어왔다.

"가보세요. 좋은 소식이라도 있나 봅니다."

류수완과 제임스가 등을 밀었다.

똑똑!

병원장실 문 앞에서 노크를 했다.

"어서 와요."

문은 병원장이 직접 열었다. 소파에는 중년의 남자 손님이 한 사람 와 있었다.

"인사하세요. 여긴 카터입니다."

병원장이 손님을 가리켰다. 서로 인사를 나누자 홍차가 나왔다.

"완전히 센세이션이군요."

원장이 웃었다. 흡족함이 깃든 미소였다.

"초대해 주신 덕분입니다."

"이분은 우리 병원의 후원을 맡고 계신 분의 책임 집사입니다."

원장이 손님을 소개했다.

"예……."

"좀 먼 곳에 계시는데 선생님을 뵙고 싶다고 간청하시기에……."

"……."

"직접 말씀드리시죠, 카터? 저는 잠시 나가 있겠습니다."

원장이 자리를 비켜주었다.

카터.

그는 선이 굵고 중후했다. 입이 무거운 사람의 전형으로 보였다.

"채윤도 선생님?"

약간의 침묵 뒤에 그가 입을 열었다.

"예."

"엘리자베스의 얼굴 악성 피부병, 선생님께서 고쳤다는 소식을 듣고 달려왔습니다."

"그렇습니다만."

윤도가 답했다.

"병원 측 말로는 굉장한 악성이라 피부과 차원에서 손을 든 경우라고 하더군요."

"그렇다고 들었습니다."

"죄송합니다만 환부가 이런 케이스 맞습니까?"

카터가 사진 몇 장을 꺼내놓았다. 두툼하면서도 집요한 군락을 이룬 악성 반진 사진이었다.

"맞습니다만……."

"단 하루 만에 병세를 잡으셨다고요?"

"당분간 관리해야 하니 하루라고 말씀드리기는 곤란합니다."

"혹시 이런 질환을 보신 적이 있습니까?"

카터가 다른 사진을 내놓았다. 그걸 집어 든 윤도, 처음에는 서양의 골쇄보 군락 일부인 줄 알았다. 어떻게 보면 나뭇조각을 붙여놓은 것으로도 보였다. 하지만 그것의 실체를 짐작하게 되자 모골이 송연해졌다. 그건 인유두종 바이러스에 감염된 환자의 최악의 사진이었다.

"인유두종 바이러스 감염으로 보이는군요."

윤도가 조심스레 입을 열었다.

"맞습니다."

카터 역시 조심스레 맞장구를 쳤다.

인유두종 바이러스(Human Papilloma Virus).

간단하게 HPV로도 불린다. 인체에 감염될 경우 사마귀나 자궁경부암의 발생 원인이 되는 이중 나선형의 DNA 바이러스이다. 주로 자궁경부암의 주요 원인으로 알려져 있고 곤지름이나 사마귀로 발현하기도 한다.

감염 시 대부분의 경우에 증상이 없다. 증상이 없는 바이러스 감염에 대한 치료법도 없다. 몇 가지 인유두종 바이러스에 자궁경부암 예방의 목적으로 백신이 나와 있다지만 치료제로서의 효과에 대해서는 밝혀진 게 거의 없었다. 만약 생식기에 감염되었다면 세포성 독성 물질에 의한 치료나 인터페론, 기타 새로운 약품들을 처방하고 있었다.

인체에 감염된 인유두종 바이러스는 대부분 면역 체계에 의해 제거된다. 그런데 사진처럼 인체의 일부라고 식별하기 곤란한 경우라면 악성 중에서도 악성이었다. 이것이 체내에서 생식기 감염을 일으켰다면 암에 다름이 아니다. 하지만 사마귀의 형태로 피부 감염을 일으켰기에 당장의 생존에는 큰 문제가 없었다.

그렇다고 안도할 일도 아니었다. 이처럼 손과 발 등이 나무 껍질처럼 변하면 일상생활을 할 수가 없다. 손톱이나 발톱처럼 각질로 자라는 게 아니라 껍질 하나하나에 신경이 연결된 까닭이다.

함부로 제거할 수도 없는 데다 크기가 점점 커진다. 세계적인 불치병 중에서도 희귀한 경우에 속한다. 운이 좋으면 수술로 상당수 제거할 수 있으며 손발 등에 나무가 자란 것 같다는 이유로 나무인간 증후군으로도 불린다.

이와 비슷한 질병으로 늑대인간 증후군이라는 게 있다. 이건 선천성다모증이다. 정상인에 비해 털의 밀도가 높고 지나치게 길게 자란다. 털은 몸 전체에 나는데 주로 얼굴, 귀, 어깨 부위의 밀도가 높다. 선천성 다모증 역시 불편하기 그지없지만 나무인간 증후군에 댈 게 아니다.

"어떻습니까?"

카터가 고개를 들었다. 윤도도 고개를 들었다. 그가 뒷말을 이었다.

"혹시 닥터의 의술로 치료가 가능합니까?"

'치료?'

"참고로 말하자면 이 환자 역시 메이요와 이 매사추세츠 병원에서 두 손을 든 환자입니다."

"……!"

"집중 면역치료에 백혈구 생성 촉진 주사까지 다 동원해 보았죠. 나중에는 몇 달에 한 번 환부를 잘라내는 정도였는데 그나마 환자 상태가 좋지 않아 중단한 지 꽤 되었습니다."

"이 환자가 이 병원에 있다는 겁니까?"

"아뇨."

"……"

"전에 있었죠. 지금은 집에서 가료하고 있습니다."

"……"

"치료가 가능합니까? 그 답을 듣고 싶습니다."

"대답을 하려면 환자에 대한 정보가 필요합니다."

"진료 정보는 여기 있습니다."

카터가 USB를 꺼내놓았다.

"제가 말하는 건 병원의 검사 데이터가 아닙니다. 물론 그 또한 참고가 되지만 한의학적인 방법의 진단을 말하는 겁니다."

"한의학적 진단?"

"환자의 맥과 오장육부의 상태, 나아가 기혈의 수준 말입니다. 이해하기 힘드시겠지만……"

"직접 보셔야 한다는 거군요?"

"그렇습니다."

"저희가 준비할 건 뭡니까?"

"아무것도… 환자만 보여주면 됩니다. 댁이 여기서 멉니까?"

"멀지만 문제없습니다. 비행기가 있으니까요."

'비행기라면 자가용 비행기?'

윤도가 미간을 좁혔다. 환자 쪽은 굉장한 집안이 분명했다.

"언제 모시면 되겠습니까? 저희는 지금 당장이라도 좋습니다만……."

"기왕이면 내일 이른 새벽이 좋습니다."

"새벽에는 아이가 잠을 잘 텐데……."

"지금 아이라고 했습니까?"

"환자는 아홉 살 소녀입니다."

"……!"

나무인간 소녀? 그것도 아홉 살? 그렇다면 더욱 희귀한 케이스였다. 방글라데시에 첫 케이스의 소녀 환자가 있었으니 이 아이는 두 번째 케이스가 된다. 그런데도 외부에 드러나지 않았다. 그렇다면 철저한 보안이다. 보호자 쪽에서 비밀에 붙인 것이다. 아니나 다를까, 카터가 옵션을 걸어왔다.

"죄송하지만 계약서에 사인을 해줄 수 있습니까?"

그가 종이를 내밀었다.

"계약서라고요?"

"환자의 신상에 대해 일체 함구 말입니다. 이 병원은 원장님의 지휘하에 보안이 이루어졌지만 선생님은 여기 소속 닥터가 아니기에……."

"그런 거라면 염려하지 않으셔도 됩니다. 의료인의 기본이니까요."

"그러니……."

카터의 시선은 계약서 위에 있었다.

"이건 부당한 경우입니다. 일단 환자를 보고 치료할 수 있다고 판단되면 그때 계약을 하시죠."

윤도는 상황에 끌려가지 않았다. 환자도 보지 않고 넙죽 계약서에 사인을 한다는 건 있을 수 없는 일이었다. 환자는 치료의 대상이지 팔고 사는 물건이 아닌 것이다.

"제가 좀 앞서갔군요. 그렇게 하겠습니다."

카터가 계약서를 거두었다.

약속은 내일 이른 아침으로 잡혔다. 장소는 여기 병원 입구였다. 윤도가 병원장실을 나왔다. 현관으로 나오자 잔디 위의 나무들이 보였다. 나무껍질은 딱 나무인간의 그것과 닮았다.

나무인간 증후군……

한 번도 생각해 보지 않은 질병이다. 그저 그런 질병이 있는 줄만 알았다. 그런데 믿기지 않게도 그 질환이 윤도 앞으로 다가왔다.

새로운 도전.

기꺼이 겪어보기로 했다. 아직 젊은 윤도. 더 많은 경험은 윤도의 의술 여정에 차곡차곡 길이 되고 살이 될 일이다.

호텔에 딸린 카페 테라스에서 성수혁을 만났다. 성수혁 역시 윤도만큼이나 바빴다. 그는 일반적인 '기레기'들과 달리 발

로 뛰는 기자였다. 편안하게 앉아서 이메일을 받거나 남의 기
사를 가공하는 기사는 쓰지 않았다.

"보세요."

그가 사진 몇 장을 내밀었다. 기자회견장의 모습이다.

"이런 건 또 언제 뽑았대요?"

"제가 가지면 초상권 침해 아닙니까? 두 장만 본사에 송고
하고 전부 가져왔습니다."

"독도 지도 문제는요?"

"어렵네요. 일본계 부시장이 고집스럽습니다. 아마 일본 정
부와 연결이 된 듯합니다."

"그럼 해결되지 못하는 건가요?"

"아무래도 장기전에 돌입해야 할 것 같습니다. 교민회를 중
심으로 상하원 의원들이나 이 지역 유명 인사들을 상대로 지
지를 얻어 실력 행사를 하기로 했습니다."

"나 참… 우리 땅을 우리 땅으로 표기를 못 하다니……."

윤도도 안타까울 따름이다.

"괜찮으시면 나중에 엘리자베스에게 지지 의견 표명 좀 부
탁해 주세요. 그런 정도의 유명인이라면 지지 표명만으로도
힘이 되거든요."

"그렇게 하죠."

"그럼 올라가서 쉬세요. 저는 한인회장님과 이주민 연합회

장님을 만나기로 했거든요."

성수혁이 먼저 일어섰다. 윤도는 입맛을 다셨다. 뭔가 돕고 싶지만 윤도의 영역은 아닌 일. 미국 땅에서 곱씹어보는 독도 문제는 한국에서와 달랐다.

'잘되어야 할 텐데……'

성수혁의 건투를 빌며 숙소로 올라왔다.

인유두종 바이러스.

윤도는 한국에서 가져온 한의서를 펼쳤다. 애석하게도 이 고서에는 인유두종 바이러스에 대한 언급이 없었다.

관련 사이트에서 유사한 자료를 찾았다. 바로 사마귀였다. 나무인간에게 자라는 피부 감염도 사마귀의 일종. 찬찬히 자료를 탐색해 나갔다.

양방의 치료법이 아주 없는 건 아니었다.

병변이 크거나 다발성일 때는 면역요법을 쓰고 있었다. 디페닐사이클로프로페논(Diphenylcyclopropenone)을 이용한 치료가 그것이다. 기타 난치성 사마귀의 경우에 블레오마이신으로 직접 병소 내에 주입하기도 한다. 더욱 광범위한 케이스라면 레티노이드 처방도 한다고 한다.

중산경의 낭.

서산경의 웅황.

북산경의 백야.

한국에서 가져온 영약을 보았다. 웅황은 이제 거의 바닥이었다. 낭과 백야 또한 이 경우의 특효약은 아니었다. 신비경을 바라보았다. 산해경을 다 뒤지면 치료제가 나올지도 모른다. 하지만 법제가 따르니 오늘내일 당장 쓸 수 있는 약은 제한적이었다.

면역.

윤도는 명제 쪽으로 생각을 돌렸다. 오장육부의 부조화에 이어 대두되는 게 면역 저하였다. 누구든 나이가 들면 면역체계가 약해진다. 누구든 병이 들면 면역력이 떨어진다. 하지만 결론은 면역력이 떨어졌기에 병이 침입한 것이다. 인유두종 바이러스라고 예외는 아니었다.

결론은 '면역'이었다.

면역의 강화는 윤도가 간간이 읽어대던 마법으로 비교하면 치유의 마나 포션과도 같았다. 면역력이 높아지면 질병은 저절로 낫는다. 피부병은 물론이고 바이러스도 같은 선상에 있었다.

면역의 중요성은 중증 질환에서 더욱 중요성이 높아진다. 경증의 질환에서는 크게 문제가 되지 않을 수 있지만 중증에서는 목숨과 연결되는 까닭이다.

그 분야에서도 윤도는 이미 임상 경험을 가지고 있었다. 기억에 남는 건 HIV, 즉 에이즈 치료였다. 중증 암과 에이즈 치료 당시 전신 경락을 열어 면역 활성을 극대화시켰다. 가까이는 엘리자베스 역시 다르지 않았다. 그녀의 치료도 따지고 보면 기혈 강화로 인한 면역력의 상승이었다.

'나무인간……'

비슷한 경우로 중국에는 산호인간이 있었다. 사마귀의 형태나 성질에 따라 달리 불릴 수 있다. 세계적으로는 아직 완치 기록이 없는 나무인간 증후군.

한의사라면 욕심이 나는 일이다. 명예가 아니라 미지의 세계에 대한 도전이기 때문이다.

인터넷에서 검색하다가 성수혁 기자 사진을 만났다. 지역 신문에 난 기사였다. 앞서 말한 시청과 시의회 등의 지도에서 빠진 독도 문제였다. 기사가 작은 걸 보니 큰 반향을 일으키지는 못한 모양이다. 그래도 열심히 사명을 다하는 모습이 보기 좋았다.

다음 자료를 뒤지다 재미난 걸 보았다. 노화 세포에 대한 기사였다.

인체의 세포는 수시로 분열하며 신참 세포를 만들어낸다. 그러나 무한정이지는 않았다. 나이가 들면 인간의 몸에는 40~50번 분열하여 늙어버린 세포가 증가한다. 면역 시스템이 정상적으로 작동할 때면 이런 노화 세포를 이물질로 인식해 청소해 버린다. 그러나 나이가 들면 면역력이 떨어지게 되어

이 노화 세포의 처리가 적체되면서 염증을 일으키거나 노화의 원인으로 작용한다.

과학자, 의학자들은 이 노화 세포를 제거할 수 있는 물질을 찾기 시작했다. 결국은 찾아냈다. 다만 아직 광범위한 경우에서 사용되지 못하고 있을 뿐이다.

'현대판 영약이군.'

윤도의 시선이 산해경으로 향했다. 이런 물질을 약침으로 쓴다면? 그 또한 면역력 개선에 탁월한 효과가 있을 수 있었다.

똑똑!

한참 몰입해 있는데 노크 소리가 들렸다. 문을 여니 류수완과 차 이사, 그리고 제임스가 몰려와 있었다.

"선생님, 미국 인터넷 기사 보셨습니까?"

차 이사가 노트북을 펼쳤다. 미국 유수의 사이트가 나왔다. 화면을 터치하자 전성기의 엘리자베스 사진이 대문짝만하게 보였다. 그걸 밀자 윤도의 사진이 등장했다. 엘리자베스와 함께 찍은 사진이었다.

"지금 미국이 난리가 났습니다. 동방의 기적이 죽어가던 월드스타를 살렸다고 말이죠."

차 이사의 흥분도가 점점 높아졌다.

"이건 의술이 아니라 미러클이다. 기사 밑의 댓글이 전부 그렇게 말하고 있어요."

제임스의 목소리도 높았다.

"그래도 의술입니다."

윤도가 강조했다. 기적은 대개 일회용이다. 하지만 윤도의
장침은 일회용이 아니었다.

"지금 한국 본사에 문의가 폭주하고 있답니다. 미국뿐만 아
니라 영국, 스웨덴, 덴마크 할 것 없이 말입니다."

류수완의 차분한 목소리도 공중에 떠 있었다. 윤도의 뚝심
이 빚어낸 반향은 벌써 지구 반대편까지 강타하고 있었다.

"온 보람이 있으니 다행이군요."

윤도가 웃었다.

"보람 정도가 아닙니다. 주문 폭주에 선납금까지… 당장 라
인을 증설해도 모자랄 지경이랍니다."

차 이사는 아예 진땀까지 쏟아냈다.

"그럼 파티 한번 해야 하는 거 아닙니까?"

윤도가 류수완을 바라보았다.

"해야죠. 그런데 다른 병원에서 긴급 요청이 들어왔습니다.
몇 시간이라도 좋으니 자기들 병원에 좀 와달라고 말입니다."

"또요?"

"무려 열두 군데가 넘는데 가장 적극적인 곳은 이쪽 매사추
세츠 최대 전통을 자랑하는 치매 전문병원입니다. 우리가 원

하는 시간에 원하는 조건대로 준비하겠다고 합니다."

"낭보로군요?"

"이 병원이 매사추세츠 병원 정도의 인지도는 아니지만 미국에서는 치매 선도 병원에 속하는 곳입니다. 선생님이 허락하시면 단 한 시간만이라도……."

"가야죠."

"선생님!"

윤도의 대답에 류수완이 반색했다.

"하지만 당장은 추가 환자가 있어 곤란합니다."

"추가 환자라고요? 그럼 아까 병원장이 보자고 한 게……?"

"그렇습니다."

"치매 환자입니까?"

"치매는 아니고 악성 피부병 환자입니다. 희귀한 케이스 같아서 수락했습니다."

"좋습니다. 그럼 그 치료가 끝나면 스케줄을 잡겠습니다."

"그보다… 혹시 이 약을 좀 구할 수 있을까요?"

윤도가 검색 자료를 내놓았다. 노화 세포를 제거하는 신물질이었다.

"어, 이건……?"

자료를 본 차 이사의 눈이 휘둥그레졌다.

"지난번에 실리콘밸리에서 한국인 과학자가 찾은 물질이잖습니까?"

류수완도 아는 눈치를 보였다.

"두 분이 아는 물질입니까?"

"알죠. 우리가 이 기술을 살까 생각했는데 아직 상용화 단계가 아닌 데다 글로벌 제약 회사가 나서는 바람에……."

차 이사가 쓴 입맛을 다셨다.

"안정성은 어떻습니까?"

"안정성은 문제없습니다. 다만 복용 약을 만드는 데는 시간이 좀 걸릴 겁니다."

"이거 소량이라도 구할 수 있을까요? 주사용으로."

"지금 말입니까?"

"예. 빠를수록 좋습니다."

"환자 치료에 필요하신 모양이군요. 그렇다면 구해 드려야죠. 선생님 스케줄이 빨리 끝나야 치매병원에 갈 수 있을 테니까요."

차 이사가 바로 전화기를 꺼내 들었다.

*   *   *

"나무인간 증후군이라고요?"

저녁 무렵, 윤도의 이야기를 전해 들은 정나현이 소스라쳤다.

"아직 본 적 없어요?"

윤도가 사진을 내밀었다. 손발에 나무가 자란 듯한 환자의 사진이다.

"어머!"

"처음이군요?"

"네. 피부과 근무할 때 피부 질환이 심한 환자는 봤어도……."

"내일 아침에 만나게 될 환자입니다."

"원장님!"

"게다가 소녀라네요."

"……."

"부담스러우면 저 혼자 가도 됩니다. 큰 문제는 없어요."

"말도 안 돼요. 저 원장님 수행하러 미국에 온 거거든요."

정나현이 펄쩍 뛰었다.

"하지만 워낙 희귀한 케이스니까요."

"여기 올 때 진 실장님이 뭐라고 한 줄 아세요?"

"진경태 아저씨?"

"원장님이 챙겨주길 바라지 말고 원장님을 먼저 챙겨주라고 하더군요. 그럴 만한 가치가 있는 분이라고."

"무슨 말씀이신지……."

"진 실장님만큼은 못 되지만 우리 간호사들, 다 원장님 존경해요. 그러니 제가 방해되는 일이 아니라면 무조건 데려가 세요."

"흐음, 지금 너무 비장한 거 아닌가요?"

"그러는 원장님은요? 어쩐지 아까부터 표정이 너무 진지하다 했어요."

"좋아요. 그럼 일찍 자요."

"또 새벽 출발이군요?"

"새벽보다 더 일찍. AM 3시에 출발할 겁니다."

"상관없어요. 어차피 시차 때문에 언제 자든 비몽사몽이니까. 그나마 원장님 활력수 때문에 버티는 거라고요."

"새벽에 깨워 드릴게요."

"그건 제 몫이죠. 정확하게 새벽 3시에 모닝콜, 아니, 여긴 미국 땅이니 웨이크 업 콜을 해드리겠습니다."

"알았습니다."

약속을 정하고 정나현을 보냈다.

테이블 위에 약침을 정리했다.

중산경의 낭.

서산경의 웅황.

북산경의 백야.

어떻게 될지 몰라 다 때려 넣었다. 약쑥으로 만든 국산 약침 몇 가지도 챙겼다. 마지막은 차 이사가 긴급 배송해 온 노화 세포 제거 약물이다. 'RIG001'로 명명된 약품은 퇴행성 질환의 마무리 임상 실험에 쓰이고 있다고 했다. 그 또한 FDA의 승인을 거친 약물이라 안정성은 신뢰할 만했다.

산해경의 영약과 현실의 신물질, 거기에 윤도의 장침과 나노 침. 불치병 나무인간 증후군과 맞장 뜰 도구의 전부였다.

'해보자고.'

질병이 있으면 치료법도 있다.

윤도는 그 신념을 접지 않았다.

"잘 다녀오십시오. 무슨 일 생기면 바로 연락하시고요."

"공항에서 한번 빅 엿 먹은 까닭에 여기 지인 라인을 풀로 동원해 놓았습니다. 지원 사항은 뭐든 콜만 하세요."

이른 새벽, 류수완과 차 이사가 호텔 로비로 배웅을 나왔다.

"걱정 마시고 들어가서 주무세요. 조용히 다녀오려고 했는데……"

윤도가 웃었다.

정말 조용히 나올 계획이었다. 하지만 모닝콜부터 틀어져 버렸다. 정나현이 아니라 차 이사와 여직원이 콜을 한 것이다. 정나현보다 30초 앞이었다. 류수완의 일행 넷은 밤을 새우고 있었던 것이다.

"타세요."

운전은 제임스가 맡았다. 미국 사람으로서 자청한 그였다.

새벽의 미국 거리는 조용했다. 밤거리도 실은 서울과 달랐다. 밤이 깊으면 많은 상점이 문을 닫았다. 술도 거의 살 수 없었다. 그런 측면에서 보면 서울은 밤의 천국이었다.

"수고했어요."

병원 앞에서 윤도와 정나현이 내렸다. 카터는 병원 로비에 도착해 있었다. 윤도를 보더니 지체 없이 다가왔다.

"모시겠습니다."

차가 검은 리무진으로 바뀌었다. 카터는 조수석에 앉고 윤도와 정나현은 뒷좌석에 앉았다.

"피곤하시죠?"

카터가 물었다. 윤도는 의례적인 인사로 답했다. 20여 분을 달린 차가 작은 공항에 도착했다. 거기에 12인승 경비행기가 기다리고 있었다. 윤도가 오르자 바로 이륙했다. 비행기는 30여 분을 날았다. 거기서 또 차를 바꿔 탔다. 그렇게 도착한 곳은 웅장한 별장이었다. 대문에서 별장까지의 거리가 5분은 되는 것 같았다. 중세의 영주가 사는 성에 온 것 같았다.

"굉장하네요."

우람한 가로수와 정원을 보며 정나현이 중얼거렸다. 가로등 사이로 언뜻언뜻 드러나는 정원은 한마디로 판타지였다. 누구

일까? 이렇게 어마어마한 별장을 소유한 사람은?

중국의 거부 바이징팅 회장이 떠올랐다. 어쩌면 이 별장의 주인 역시 미국 상류사회를 대표하는 사람이 분명했다.

끼익!

차량이 멈췄다. 대기하고 있던 정원사가 문을 열었다. 문 앞에는 40대의 부부가 기다리고 있었다. 둘 다 백인이었다.

"모시고 왔습니다."

카터가 부부에게 예를 갖추었다.

"어서 오세요."

부인이 입을 열었다. 안내는 재택 간호사가 맡았다. 거실 역시 고풍스러운 박물관 풍이었다. 우아한 골동품 위의 벽에 펼쳐진 집안사람들의 초상화. 압도적이었다. 그들 한둘은 어디선가 본 듯한 느낌도 들었다.

"카터에게 설명은 들었죠?"

소파에서 부인이 물었다. 남편은 이제 보이지 않았다.

"예."

"부탁합니다."

부인이 반듯하게 예를 갖추었다. 행동거지 하나하나에 교양미가 제대로 밴 사람. 벼락부자나 졸부가 아니라 명문 가문인 것이다.

"갈까요?"

윤도가 정나현을 바라보았다. 환자가 지척에 있을 테니 망설일 필요가 없었다.

스릉!

환자의 방은 자동문이었다. 재택 간호사가 서자 저절로 열렸다. 환자는 침대에 없었다. 그 아래의 원목 바닥에서 자고 있었다. 그걸 본 정나현이 흠칫 흔들렸다. 위태로운 허리를 윤도가 잡았다. 환자를 보고 놀라는 건 의료인의 예의가 아니었다. 그러나 난생처음 보는 나무인간 증후군 환자. 나무 갑옷을 온몸에 두른 것 같은 외모. 그렇기에 놀라는 정나현을 탓할 수는 없었다.

"우리 리사예요."

부인이 환자를 소개했다.

"침대에서 자라고 해도 마룻바닥이 편하다고……."

부인이 다가가 소녀를 깨웠다.

"리사, 코리아 닥터께서 오셨어."

거듭 흔들자 하품과 함께 리사가 일어섰다. 다른 감염자와 달리 리사의 나무 같은 피부는 흰 조각이 많았다.

'다프네……'

윤도의 머릿속에 명화 하나가 스쳐 갔다. 소녀를 보니 제대로 겹쳐 보였다. 잔 로렌초 베르니니의 작품 '아폴로와 다프네', 딱 그 장면이었다.

태양의 신 아폴로가 강의 님프 다프네에게 뿅이 가버렸다. 그러나 아폴로는 다프네의 취향이 아니었다. 당연히 퇴짜를 맞았다. 아폴로는 포기하지 않았다. 스토커처럼 집요했다. 그 대시에 질린 다프네가 강의 신인 아버지에게 SOS를 쳤다.

"내 미모를 작살 내든지 내 몸을 바꾸어주든지."

그녀가 아버지에게 청한 옵션이었다. 그 정도로 아폴로가 싫은 다프네였다. 강의 신은 딸의 간청을 수용했다. 아폴로의 손이 다프네의 몸에 닿는 순간 월계수로 변한 것이다. 달아나던 다프네의 발은 나무뿌리가 되어 땅에 박히고 아름답던 피부는 거친 나무껍질로 뒤덮였다. 가녀린 손가락에서는 나뭇잎이 무성하게 피었다.

바람에 휘날리는 머리카락과 손에서 뻗어가는 나뭇잎이 현실의 소녀에게 옮겨왔다. 조각 작품이 아니라 살아 있는 인간 '다프네'였다.

"리사는 신을 위해 봉사하는 여자라는 뜻이에요. 리사라는 이름을 가진 사람 중에서 가장 유명한 게 모나리사죠. 우리 리사도 그렇게 아름다운 여자로 자라길 바랐는데……."

소녀 옆에 선 부인이 소녀의 머리카락을 쓰다듬었다. 머리카락과 나무 피부의 경계조차 또렷하지 않았다. 나무 피부가 턱 선과 얼굴의 일부까지 침범해 버린 것이다.

"제가 알기로……."

윤도가 느린 영어로 말을 이었다.

"신은 중요하게 쓰일 사람에게 시련을 준다고 들었습니다."

"크리스찬이세요?"

"치료하는 순간은 모든 종교를 뛰어넘기도 하고 모든 종교에 귀의하기도 합니다."

"의미 깊은 말이네요. 리사는 어떻게 할까요? 치료실이 있는데 거기로 갈까요?"

치료실?

짐작 가는 일이다. 중세의 성을 방불케 하는 대별장. 치료실이 따로 있다는 게 놀라울 일도 아니다.

치료실로 향했다. 리사는 정나현이 안내했다. 놀라움이 진정되는 순간부터 그녀는 이미 수행 간호사의 역할을 수행하고 있었다.

리사가 침대에 누웠다. 치료실에는 현미경은 물론 다양한 약품이 있었다. 윤도의 시선은 벽에 걸린 초대형 세계지도에 가 있었다. 거기에도 독도는 없었다.

이 방에서 놀라운 건 환자 침대였다. 그건 전자동으로 리사를 수행하고 있었다. 최첨단 AI가 장착되었으니 침대라기보다는 로봇에 가까웠다.

하지만 정작 놀라운 건 소녀 리사였다.

진맥……

시도할 수 없었다.

'젠장!'

걸친 옷을 벗은 리사를 보기 무섭게 윤도는 신음을 토했다. 손목은 애당초 기대도 하지 않았다. 나무인간 증후군의 나무 피부가 손과 발에서 주로 무성한 까닭이다. 그러나 진맥은 손등과 손바닥에서도 가능하다. 목의 인영맥과 12경맥의 동맥에서도 잡을 수 있었다.

모두 허튼 바람이었다. 손은 물론이고 목과 경맥 부위, 심지어는 백회혈 자리까지도 나무 피부가 갑옷처럼 솟은 소녀였다.

'으음……'

윤도의 입에서 나오는 건 황망한 신음이었다.

『한의 스페셜리스트』11권에 계속…

초대형 24시 만화방

신간 100%, 샤워실, 흡연실, 수면실(침대석), 커플석, 세탁기 완비

■ 광명 광명사거리역점 ■

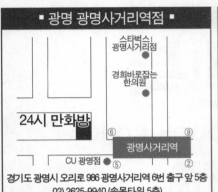

경기도 광명시 오리로 986 광명사거리역 6번 출구 앞 5층
02) 2625-9940 (솔목타워 5층)

■ 강북 노원역점 ■

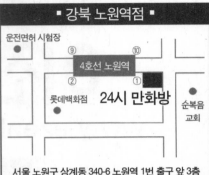

서울 노원구 상계동 340-6 노원역 1번 출구 앞 3층
02) 951-8324 (화용빌딩 3층)

■ 일산 정발산역점 ■

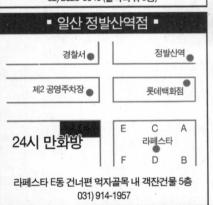

라페스타 E동 건너편 먹자골목 내 객잔건물 5층
031) 914-1957

■ 일산 화정역점 ■

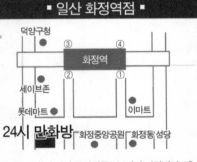

경기도 고양시 덕양구 화정동 984번지 서일빌딩 7층
031) 979-4874 (서일사우나 건물 7층)

■ 부천 역곡역점 ■

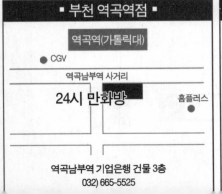

역곡남부역 기업은행 건물 3층
032) 665-5525

■ 부평역점 ■

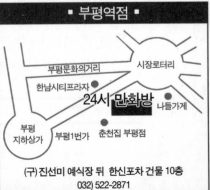

(구)진선미 예식장 뒤 한신포차 건물 10층
032) 522-2871